VAZANTE

JOSÉ MAURO DE VASCONCELOS

VAZANTE

Sumário

A Literatura de José Mauro de Vasconcelos 7

Primeira Parte – OS NUS

Capítulo Primeiro 17
Capítulo Segundo 26
Capítulo Terceiro 38
Capítulo Quarto 50
Capítulo Quinto 56
Capítulo Sexto 70
Capítulo Sétimo 78

Segunda Parte – OS LIBERTOS

Capítulo Primeiro 87
Capítulo Segundo 101
Capítulo Terceiro 110
Capítulo Quarto 126
Capítulo Quinto 141

José Mauro de Vasconcelos 163

A LITERATURA DE
JOSÉ MAURO DE VASCONCELOS

por Dr. João Luís Ceccantini
Professor, pesquisador e escritor
Doutor e Mestre em Letras

A literatura de José Mauro de Vasconcelos (1920-1984) constitui hoje um curioso paradoxo: ao mesmo tempo que as obras do escritor estão entre aquelas poucas, em meio à produção nacional, que alcançaram um número gigantesco de leitores brasileiros – além de terem sido também traduzidas para muitas outras línguas, com sucesso de vendas e projeção no exterior –, não contaram com a contrapartida da valorização de nossa crítica literária. Há, ainda, pouquíssimos estudos sobre suas obras, seja individualmente[1], seja sobre o conjunto de sua produção. Trata-se, com certeza, de uma grande injustiça, fruto do preconceito de um julgamento que levou em conta, quase de maneira exclusiva, critérios associados à ideia de *ruptura* com a tradição literária como elemento valorativo. Uma das vozes de exceção que veio em defesa de Vasconcelos foi a do grande poeta, tradutor e crítico literário José Paulo Paes (1926-1998), que denuncia "a miopia de nossa crítica para questões que fujam ao quadro da literatura erudita", examinando o desempenho do escritor "unicamente em termos de estética literária, em vez de analisá-lo pelo prisma da sociologia do gosto e do consumo"[2].

José Mauro de Vasconcelos, com a linha do "romance social" (frequentemente, também de caráter intimista), que produziu desde a sua estreia com *Banana Brava* em 1942,

---

1. A exceção é *O Meu Pé de Laranja Lima*, título lançado em 1968.
2. PAES, José Paulo. *A Aventura Literária*: ensaios sobre ficção e ficções. São Paulo: Companhia das Letras, 1990. p.34-35.

prestou um serviço notável à cultura do país, contribuindo de modo excepcional para a formação de sucessivas gerações do público leitor brasileiro. Soube seduzi-lo de maneira ímpar para uma obra multifacetada, que permanece atual, sendo ambientada em diferentes regiões do país e abarcando questões das mais pungentes, sempre segundo uma perspectiva bastante pessoal e impregnada de sentido dialético. Chama a atenção, na visão de mundo do escritor, particularmente, o destaque dado em suas composições à relação telúrica com o meio e certa visada existencialista. Vasconcelos conjuga, em suas personagens, espírito de aventura e vigor físico com dimensões introspectivas; aborda temáticas regionalistas, bem como as de natureza urbana; analisa a sociedade contemporânea segundo uma visão crítica e racional sem abrir mão de explorar aspectos afetivos ou até mesmo sentimentais de personagens e problemas; põe em relevo espíritos desencantados, assim como aqueles impregnados de esperança; debruça-se tanto sobre os vícios como sobre as virtudes dos entes a que dá vida; esses, entre tantos outros elementos, dão corpo a uma literatura à qual não se fica indiferente.

Para uma leitura justa e prazerosa da obra do escritor nos dias de hoje, vale lembrar que a literatura de Vasconcelos precisa ser compreendida no contexto social de sua época, não devendo ser avaliada por uma visão étnico-cultural atual. Se é possível encontrar, aqui e ali, uma ou outra expressão linguística, ponderação ou caracterização que seriam inconcebíveis para os valores do presente, isso não desvia a atenção do valor do escritor e do imenso interesse que sua obra desperta, de visada profundamente humanista.

A reedição cuidadosa que ora se faz do conjunto da obra de Vasconcelos é das mais oportunas, permitindo que tanto os leitores fiéis à sua literatura possam revisitar, um a um, os títulos que compõem esse vibrante universo literário, como que as novas gerações venham a conhecê-la.

Em *Vazante*, obra lançada em 1951, José Mauro de Vasconcelos ambienta a narrativa numa ilha com pouco mais de 200 habitantes. Na ilha, predomina uma paisagem fortemente afetada pelo calor sufocante, onde tudo é abandono: as árvores são ressecadas, há umas poucas casas caiadas de branco, há ruínas de um antigo solar. No centro da ilha, localiza-se um presídio, de onde volta e meia algum prisioneiro tenta escapar em direção ao oceano. A atmosfera claustrofóbica e opressiva do lugar afeta os habitantes dessa paisagem inóspita e, em particular, as quatro personagens de maior projeção social, que estão no centro da narrativa: o jovem delegado Diogo, designado para exercer a função na ilha há pouco tempo; Doutor Saturnino, um médico de personalidade perturbadora, que lá habita há mais de vinte anos; a Irmã, que toma conta das ruínas do solar; e Nina, uma bela mulher – solitária, alcoólatra e promíscua.

Em torno dessas quatro personagens, o escritor arquiteta a trama da obra, que em muito lembra a tradição do *roman noir*. O relacionamento entre essas figuras, explicitado aos poucos e sempre num ritmo de crescente tensão, capta o interesse do leitor, que se vê envolvido numa narrativa sombria, impregnada de mistérios, segredos e dramas pessoais atrelados ao passado de cada uma. Embora a tarefa principal atribuída ao jovem delegado seja a de impedir a fuga de prisioneiros, tudo na ilha parece conspirar para que ele não atinja seu objetivo, desencadeando acontecimentos dramáticos, associados a tocantes questões existenciais vividas pelas personagens.

Dr. João Luís Ceccantini

Graduou-se em Letras em 1987 na UNESP – Universidade Estadual Paulista "Júlio de Mesquita Filho", instituição em que trabalha desde 1988. Pela mesma faculdade, realizou seu mestrado em 1993 e doutorado em Letras em 2000. Atua junto à disciplina de Literatura Brasileira, desenvolvendo pesquisas principalmente nos temas: literatura infantil e juvenil, leitura, formação de leitores, literatura e ensino, Monteiro Lobato e literatura brasileira contemporânea de um modo geral. É hoje professor assistente Doutor na UNESP e coordenador do Grupo de Pesquisa "Leitura e Literatura na Escola", que congrega professores de diversas Universidades do país. É também votante da FNLIJ – Fundação Nacional do Livro Infantil e Juvenil e tem realizado diversos projetos de pesquisa aplicada, voltados à formação de leitores e ao aperfeiçoamento de professores no contexto do Ensino Fundamental.

"Num punhado de areia em tua mão nada poderá existir. Mas haverá sempre alguém que veja nesse punhado de areia a inutilidade das coisas eternas..."

Primeira Parte

OS NUS

CAPÍTULO PRIMEIRO

Era a primeira vez e, mesmo assim, a noite estava virgem de estrelas. A escuridão envolvia tudo. O calor e o abandono confrangiam o peito. Somente ao longe, o choro do mar se perdia na mornidez das praias.
    Diogo revolveu-se, esmagado na rede. Já agora não se perguntava por que viera. Mas sabia que estava ali...

•••

    Ao longe (tudo era ao longe), a lâmina da restinga se perdia em círculos de areias brancas, escaldando ao sol do meio-dia ou de qualquer hora parada ao fogo do sol. E se por acaso dirigisse a vista para o lado contrário, a baía encravada oferecia uma paisagem morta: as árvores ressecadas de tanto sol; o capim da terra amarela; o verde de toda a vegetação crestado e contorcido; as casas brancas e poucas, cuja caiação se relevava porque nada parecia existir, porque tudo era pequeno e oprimia; o porto, as cabanas de pescadores, as canoas na areia suja de sargaços pareciam grudados na praia, numa praia onde a maré pouco subia, onde as correntezas deslizavam sem movimento.

O resto da ilha perdia-se em poucas variantes. O lugar, aquela restinga estirada no areão, a povoação ao centro da baía, a serra subindo por trás dos casebres e grandes penedias na outra ponta. Diziam que lá se encontravam as ruínas do antigo solar de Chico Rita.

Diogo enxugou a testa desanimado, o calor sufocante molhando-lhe o corpo, a paisagem parada, o homem do balcão, apoiado sobre os braços, observando-o, esperando que ele puxasse conversa, a garganta seca, pedindo água – água!...

Súbito, os olhos do homem do balcão se contraíram num sorriso e Diogo pôde perceber que seus dentes amarelados eram fortes e que o rosto, barbado de muitos dias, era simpático.

Alguém vinha entrando. O homem do balcão se movimentou para fora e tornou à direção de outra mesa.

– Bom dia, doutor.

O som de uma cadeira se arrastando no chão de terra batida. Qualquer coisa tinha sido colocada sobre a mesa. Um respirar forte, e uma fala cheia respondeu à saudação do botequineiro.

– Quente, não, Guarabira?
– Como sempre, doutor.

Diogo se desvirou devagar para o lado da conversa. O que chegara era um senhor cuja idade não se podia definir. Talvez tivesse cinquenta anos, ou talvez, sessenta. Seus cabelos eram cheios e de largas ondas prateadas. Sua pele, bronzeada, brilhava onde a barba bem feita não a atingia. Os olhos azuis tomavam aparência e tonalidades de zinco. Estava vestido de branco. Brancos, a camisa, o paletó, as calças, os sapatos de pano e corda. Brancos eram os pelos que escapavam da camisa entreaberta, onde o pescoço forte sustentava uma correntinha de prata.

O doutor também o examinava. Por fim, cumprimentou Diogo respeitosamente com um aceno de cabeça. Guarabira aproximou-se do rapaz:

– O doutor convida o senhor para se sentar com ele...

Diogo levantou-se, apertou a mão do doutor e aceitou a cadeira oferecida.

– O senhor é o novo delegado, não?

– Exatamente.

– Não se sente muito moço para isso?

– Talvez exteriormente. Quando vim, já sabia de tudo que me esperava.

Terminou a frase, desviando o olhar para fora do botequim e perdendo-se na paisagem. Um vulto caminhava minúsculo na restinga.

Mas o doutor continuou:

– Bom que o senhor tenha vindo prevenido para tudo. Não temos intimidade suficiente para que eu o aconselhe em qualquer coisa. Entretanto, se me permitisse, gostaria de ajudá-lo.

– Claro que gostarei que me ajude. Muita coisa que não ignoro da vida dessa ilha descobri por informações desajustadas ou por mero raciocínio. Deve haver tanto mistério perdido que não alcancei...

O doutor parou para levar o copo até a boca e logo após enxugou os lábios com um lenço completamente branco.

– Eu sou o único ser quase vivo por estas bandas.

Diogo levantou a vista espantado, fitando o homem. Suas expressões equilibradas e viris não denunciavam nada que pronunciasse anormalidade. Sua dureza e segurança eram amenizadas pela fala grossa, porém suave. O doutor parecia adivinhar e acompanhar todos os seus pensamentos.

– Sim, não estranhe. Eu sou o único ser quase vivo daqui. Isso porque não me deixei absorver, como os outros, pela paisagem. Sou importante. Uns chamam-me Doutor Saturnino;

outros, simplesmente, Doutor. Por falar nisso, gostaria de saber como se chama.

– Eu? Diogo Moss.

– Descendência inglesa, não?

– Acertou.

– *Moss* significa musgo, sabia?

Diogo balançou a cabeça afirmativamente, não sem deixar de sorrir.

– Seu sobrenome é perigoso para a paisagem. O musgo se adapta com facilidade... Mas não fujamos ao assunto.

O vulto na restinga começava a crescer. Já não era um ponto insignificante.

– Como disse, eu sou importante: sou o médico da baía. Como você ou eu, só existem duas pessoas. A primeira é a irmã que toma conta das ruínas do solar de Chico Rita, que foi doado a uma ordem. Não sei o nome da ordem. Todo o fim de semana vêm outras irmãs. Duas ou três vezes por ano, outras aparecem para fazer retiro. São irmãs estrangeiras, que se vestem como qualquer outra mulher, somente com mais simplicidade. Depois dessa irmã, existe outra mulher. A Nina. Você a conhecerá. Ela por certo dormirá com você muitas vezes. Comigo ela já fez o mesmo. Vive bêbada, caindo pelos cantos. Não deixa de ser uma bela mulher.!...

O vulto continuava aumentando na paisagem.

– Depois os outros. Não sei se, somando toda a gente dessa parte da ilha, alcançaremos duzentas cabeças. Chamo assim porque essa gente é mais bicho do que outra coisa. Não se poderá definir a sua raça, porque há uma mistura de diversos sangues. São brotos de raça negra trazidos por Chico Rita no começo da colonização do Brasil. Índios e negros, índios, negros e brancos. O que eles sejam. Qualquer coisa, nunca confie em ninguém daqui. Eles matam sorrindo, odeiam a qualquer branco que apareça. Estou há perto de vinte anos encalhado e tenho a certeza de que ninguém terá para mim um gesto de gratidão, e se precisar de piedade eles me tratarão da mesma forma. É gente ruim. Nós estamos sempre sobrando...

Doutor Saturnino encarou o rapaz, perscrutando-lhe na face o efeito das palavras.

– Há vinte anos que estou aqui. No começo era tão moço como você. Bem. Agora falemos da ilha. A lancha que o trouxe ontem veio pelo lado do rochedo. Portanto, você conhece já essa parte. Na restinga, existem dois ranchos de pescadores e, quando ela termina, avista-se, ao longe, a Ilha da Saúde. Entre ela e a ilha, ninguém "fugiria" nadando. Uns já o tentaram. Os que foram de canoa morreram sob o tiro de Dauro. Você vai ouvir falar muito de Dauro. Os que tentaram atravessar o canal a nado foram devorados por tintureiras.

– O que são tintureiras?

– Cações negros.

Diogo imaginou rapidamente o quadro: o corpo debatendo, as mãos se agitando, o sangue tingindo o mar, e o borbulhar das águas se misturando com uivos roucos...

– A Ilha da Saúde é pequena. Dauro tem um faro apurado. Com um fuzil infalível, que não perdoa nunca, para ele, uma caçada ali não passa de dois dias. Portanto eles preferem pelo lado de cá.

– E o presídio, onde fica, doutor?

– No centro. Pela parte da frente da ilha ninguém conseguiu escapar. Porque na costa todos sabem da recompensa, e os presos são farejados imediatamente. O único ponto de fuga é lá.

E apontou em direção do solar de Chico Rita.

– Se eles conseguem atravessar terras e alcançar o mar alto, muitas vezes se salvam. Mas, para isso, é preciso que você não falhe. Que você não durma. Mesmo que você falhe, dificilmente Dauro perderá uma vida ou uma morte. Como queira.

O vulto se aproximava mais e mais sobre a areia da restinga. Já agora ele se tinha desdobrado e podia-se enxergar dois homens caminhando à distância de dois metros quase um do outro.

Eles transportavam qualquer coisa ao ombro, qualquer coisa balançando.

– Não quero assustá-lo mais.

– Não. Conte mais. É preciso que eu saiba de tudo. Muitos fugiram?

– Ultimamente, sim. Alguém lhes fornece canoas e consegue enlouquecer Dauro de tanta fúria. Mas, mesmo assim, é preciso que o homem possua uma resistência diabólica. A ilha é grande e o centro está recheado de lagos e pantanais. Cobras e sáurios infestando por todos os cantos. O lodo ali fede a ponto de asfixiar, e as febres fogem dos charcos para dizimar os presos que não fogem. Com menos de três dias ninguém conseguirá atravessar o labirinto de águas doentias. Muito menos quando soam os alarmes, soltam os cães, previnem Dauro...

O médico pareceu por um minuto munir-se de piedade do rapaz. Seus traços se amenizaram e perguntou:

– Por que você não desiste? Ainda é tempo. Você é moço. Essa gente vai levá-lo à loucura. Não vê que ninguém vive por aqui? Essa terra não tem nome e, se chegasse um dia a ter, outro não seria que Baía da Traição. Você já deve ter sentido, porque eu, no primeiro dia que aqui aportei, fui possuído dos mesmos sintomas. Você já deve ter sentido o sussurro da morte nessas coisas paradas. Ainda é tempo, meu amigo. Volte.

– E por que o senhor ficou? Por que não voltou? O senhor não foi tão moço como eu hoje sou? Por quê?

Doutor Saturnino fitou calmamente o rapaz dentro dos olhos.

– Eu tinha morrido e procurava apenas um túmulo...

Diogo não insistiu. E mesmo porque sabia na certa de que nunca ouviria uma palavra do passado daquele homem.

Os vultos se aproximavam. A restinga ficara novamente abandonada na eternidade das areias.

Doutor Saturnino indicou os homens. O que vinha na frente tinha proporções gigantescas. Era fino de corpo, possuía pernas fortes, ombros largos e mãos simiescas.

– Aquele é Araé, o coveiro. Ele foi buscar uma cliente minha que morreu de febre. Aquilo que vem balançando entre Araé e o outro é um corpo amarrado. Está vendo a vara que ele traz na mão?

– Vejo.

– Quando o corpo pesa muito, eles estacam e surram o cadáver. É costume para purgar os pecados do morto.

Araé parou defronte ao bar. O outro homem imitou-o. Deitaram o corpo sobre a areia e se dirigiram para o botequim.

Cumprimentaram o doutor respeitosamente, descobrindo as cabeças dos chapéus de palha, desfiados.

Araé debruçou-se sobre o balcão e, colocando a vara do açoite na tábua repleta de moscas esvoaçantes, pediu com os dedos, sem murmurar uma única palavra, uma dose de aguardente.

Bebeu também de um único sorvo. Passou os lábios babados contra o punho e jogou uma moeda para Guarabira.

Tornou a passar entre as mesas, e os dois se postaram em seus lugares. Suspenderam o corpo morto e continuaram a caminhar calados.

Guarabira comentou:

– Vão enterrar...

Diogo quis saber:

– Onde fica o cemitério, doutor?

– Não fica. Não existe. São as areias da praia. As areias vieram dos mares e foram gente. As gentes viram areias e estarão no mar...

– Será que eu poderia acompanhá-lo?...
– Pode. Eles não se importarão. Vá. Eu também já fui...
– O senhor não irá comigo?
– Posso.
Diogo pagou as despesas e colocou o chapéu sobre os olhos.
– Como é quente tudo isso!
– Depois você se acostuma.

O sol cegava e transformava os corpos em sombras negras rasgando as areias.

No pulso, o relógio marcava quase duas horas. Diogo sufocava. Observava o rosto suado do médico, porém impassível.

O ar pesava como chumbo e doía ao penetrar no nariz. O mato ressecado, amarelento, febril, petrificava-se numa continuidade de solidão. Nem uma folha se mexia.

As casas que surgiam eram modestas. As cabanas, entreabertas, paupérrimas. Um ou outro cão aparecia à soleira da porta atraído pelo barulho dos pés sobre a areia.

O cortejo passava quieto. Somente uma mulher despenteada e crestada surgiu à janela, olhando de olhos compridos, sem sequer uma expressão de medo, dor ou compaixão. Talvez que aquilo fosse mesmo natural.

Araé caminhava sempre.

Ele e o doutor seguiam o enterro. Diogo pensava que era triste morrer sem flores.

O povoado ficava longe. Os homens tiraram pás dos ombros. As pás que tinham servido para pendurar o corpo amarrado. Depositaram o defunto na areia e começaram a cavar.

Tudo era silêncio. A maré em frente deslizava. Não havia ondas, nem canções do mar. Somente as pás chiavam na areia quente.

Diogo tirou o chapéu para abanar-se. O buraco estava pronto na areia escorregadia.

Araé arrastou o corpo para perto e, olhando para o companheiro, fez um gesto de compreensão. Apanharam as varas e surraram longamente o defunto. Depois, desatando as cordas envolventes, desenrolaram o pano encardido que servia de mortalha, e o corpo amarelecido e mole, completamente nu, resvalou de bruços na cavidade descoberta. As pás voltaram a depositar a areia retirada do mesmo lugar. O serviço foi mais rápido dessa vez.

Araé limpou a testa suada. Enrolou o pano que estivera sobre a areia e jogou-o sobre as costas. Os dois viraram-se e retrocederam em direção à vila.

Diogo sentia uma estranha emoção latejando no peito. O calor parecia ter-se aumentado, talvez devido à brutalidade da cena tão simples. Olhou a terra lisa da praia. Quantos corpos já não estariam espalhados por ali! Corpos sem cruz e sem flores, respirando morte, sorvidos de areia...

Olhou o médico.

– Que calor, doutor.

– É.

– Acho que podemos voltar.

– Podemos voltar.

Ele perguntou angustiado para o Doutor Saturnino:

– Doutor, não há vento? Esse ar sufoca, mata. Nunca há vento?

– Nunca. Só em noites de temporal, quando sopra o Sudoeste. Você vê a serra, por trás das penedias, por trás do solar de Chico Rita? Lá no alto as árvores se nivelam com a terra e se inclinam para o chão. É o vento quem as apara.

Riu sarcasticamente e murmurou:

– Do outro lado tem vento...

CAPÍTULO SEGUNDO

Mas na segunda noite, houve estrelas.

Entretanto, elas eram maiores e mais brilhantes porque o negrume da noite se alastrava imenso. O calor debatendo-se nos ares formava uma temperatura grossa, pesada, irrespirável.

"Isso", pensou Diogo, "é porque ainda não me acostumei."

O corpo suado reclamava contra o lençol, contra o pijama. A rede se aquecia cada vez mais. Num desespero incontido, libertou-se primeiro do paletó, depois das calças e por fim sentiu-se livre dos lençóis e completamente nu.

O corpo roçava-se mais à vontade contra os fios brancos da rede que arqueava nos ganchos. Estava deitado na sala. Empurrava o pé contra a velha secretária e balançava a rede, procurando nesse embalo adormecer de todo, esquecer a miséria abandonada que o cercava.

Em cima da mesa, alumiada pela luz do lampião, a rosa de pano estava completamente azul. Sim, a rosa. Quando penetrara pela primeira vez na casa, fora atraído pela curiosidade em direção à flor de pano. Aprisionada por folhas também de pano, a flor trazia amarrada no caule um pedaço de papel, escrito em castelhano:

celeste – buen tiempo
lila – variable
rosa – lluvioso

Ela anunciava o tempo e era linda. Tinha sido do outro delegado.

Sentiu-se incomodado ao lembrar-se do outro delegado. Onde estava, o que o rodeava – tudo, até o silêncio, o abandono, o esmagamento moral – tinha sido do outro.

A rosa ditaria o destino dos presos. Quando viessem as noites de temporal e o Sudoeste rebentasse as árvores amarelas, chicoteasse em uivos as areias da restinga, arrastasse ao mar as canoas ancoradas, é que então seria pior. Diogo passou a mão na testa suada. O Sudoeste remexeria a lama, o podre, os miasmas da febre, as águas mortas dos pantanais no centro da ilha, circundando o presídio.

Talvez uns pés nervosos, um coração opresso, uns músculos ágeis, ágeis pela desgraça, tentassem a fuga. A sirene apitaria. Fuzis cuspiriam fogo ininterruptamente. E o corpo colado ao lamaçal, por vezes, mergulhado na imundície das águas, amedrontado pelo vento criminoso se roçaria nos capinzais, como uma cobra perseguida...

Mas a noite era comum e a rosa ainda estava azul.

Virou-se para o outro lado. A janela, escancarada. A porta, também, apresentando retalhos da noite. O vulto de Pio aparecia sentado na soleira da porta, calado, espiando o escuro.

Ele também tinha sido o criado do outro. Viera agora para servi-lo. Sorrindo por tudo nos dentes amarelos, nos olhos enrugados e se perdendo entre as pálpebras inchadas de álcool. A magreza integrara-se nele como o mau cheiro e a sujeira.

Da sujeira de Pio, Diogo se transportou para a sujeira do corpo, amolecido, escorregando emborcado na areia da praia. As costas de Araé, o coveiro se recurvando ao peso da pá. E a pá cheia de areia se derramando sobre o cadáver de bruços. Tudo em silêncio. Sem flores... Sem cruz.

E o doutor assistindo a tudo indiferentemente.

– Foi uma cliente minha. Morreu de febre.

Veio-lhe à memória a mulher despenteada que fitava o corpo balouçante com a mesma indiferença com que fitaria uma rede de peixes retirada do mar.

Era a morte. O natural da morte. Não. Não conseguia dormir. A rede estava mais quente, mesmo que a balançasse. Só uma coisa talvez o fizesse fechar os olhos. Mas baniu rápido o pensamento. Que loucura!

Foi então que ao longe, muito ao longe, vozes em coro rezavam, gemiam ou cantavam. Era lúgubre, mas pelo menos eram vozes vivas. Sentou-se escutando.

– Que é isso, Pio?

– Pronto, Patrão.

– Perguntei o que é isso. Que gemidos são esses?

– É lá. Os homens tão pescando aratu nas pedras.

Levantou-se nu como estava e encostou-se à janela. Longe, muitas tochas lançavam chamas para o espaço. Para o negro da noite.

Pio explicava:

– Eles enchem pedaço de bambu cum resina e tocam fogo. Aratu num se mexe na pedra, encantado cum a luz e cum o canto.

– O que é aratu?

– Siri pequeno e gostoso. Só se pega assim.

Os archotes pareciam dançar. Dançar e subir nas encostas, nas pedras recortadas. Dançar na noite.

O canto funéreo trazia de longe a reminiscência da raça. Ou das raças. Eram sons monótonos, duros, angustiados:

palavras que poderiam vir do negro; misturas que se gerariam da língua dos índios; frases incompreensíveis remexendo tristezas eternas...

Diogo voltou para a rede. Oscilou-a com o corpo. Já os olhos ardendo principiavam a fechar. Bocejos seguidos sacudiam-lhe os membros nus.

– Amanhã tomarei chá com o doutor.

Ao longe os cantos diminuíam de intensidade.

"Nina, ele falou de Nina. Que mulher seria essa?"

Pio dissera que eles pescariam até de manhãzinha. Até à estrela-d'alva.

"Estrela-d'alva..." Uma vez fizera um poema sobre a estrela-d'alva.

Riu-se quase adormecendo.

Aos quinze anos fizera aquele poema. E em francês: *Étoile d'Aube... Étoile d'Aube...*

Dormiu.

Pio retirou-se devagar, encostando antes a porta entreaberta.

●●●

Acordou com a manhã alta e sentia a garganta ressecada. O mais estranho era ouvir o som de um violão, parado em frente da porta. Prestou atenção na cantiga. A voz era boa; se bem que um pouco desequilibrada. O cantor deveria estar bêbado:

...Um cão de caça
Chegou outra vez,
Dure sua vida
Menos dum mês...

Acabou de despertar. Era um acinte à sua pessoa. O cão de caça era dele. Diogo sorriu contrafeito.

...O outro morreu
No outro mês,
Esse também
Vai tê sua vez...

Apanhou a calça do pijama sobre a mesa. Vestiu-se e se encaminhou para a janela.

Pio enxotava o outro com cuidado. Ia puxando o caboclo para longe da casa do delegado. Diogo mal pôde ver as costas largas e os braços fortes apertando o violão.

O homem foi se perdendo em direção ao porto. Pio voltou:

– É um bêbado, patrão. Um bêbado. Vive assim.

– Não ligue, patrão.

– Quem teria mandado esse homem cantar aqui?

Pio encarou o rapaz. Diogo percebeu que ele sabia de tudo, mas talvez tentasse dissimular. Nos olhos pequenos morava a traição. Recordou-se das palavras do Doutor Saturnino.

"Não confie em ninguém daqui. Eles matam com um sorriso."

Tinha vontade de puxar o criado pela gola do paletó. Mas não foi preciso atingir a esse extremo.

– Foi Cesário.

– Quem é Cesário?

Pio deu de ombros e murmurou indiferentemente:

– Um homem da praia... Seu café tá pronto, patrão.

Depois do café tomado, Diogo trouxe uma preguiçosa e sentou-se na frente da casa. O quintal era pequeno. Duas amendoeiras velhas e grandes, com os ventres descarnados, enchiam o chão de folhas e o seu corpo de sombras. Quase que se uniam nas copas. Suas folhas pouco tinham de verde. Eram ressecadas, queimadas até chegarem ao vermelho incendiado.

Limitando o lote, havia uma cerca de bambu velho e podre, cedendo em alguns pontos. Amoreiras raquíticas tentavam fazer uma segunda cerca. Uma bananeira retorcida, com folhas desdentadas, aprumava-se num dos cantos e, por trás de tudo isso, o mar. Um mar feio, sujo, amarelento.

O branco do dia, entontecendo, fazia a vista se confranger dentro dos cílios. O calor abafado torturando sempre. Nem um sopro de vento. A calmaria doente tornava o mar liso e escorregadio, onde a maré pouco subia ou descia. Na correnteza da enchente passavam galhos pelados, folhas de bananeiras e sargaço. Na correnteza da vazante, voltariam os galhos pelados, folhas de bananeira e sargaço...

Aquela paralisia das coisas principiava a irritar a alma do rapaz.

Uma folha caiu diante dos seus olhos. Caiu dura, seca e sem descrever o movimento além de uma linha reta.

– Não tem vento. Não tem vento...

Todas aquelas outras folhas caídas e esparramadas pelo chão, e que estalavam sob os pés, tinham caído do mesmo jeito. Em linha reta e sem vento.

Entretanto, do outro lado, onde as árvores na serra se aparavam, se nivelavam ao chão... lá havia vento.

Diogo estava ali. Sua missão era esperar. Esperar e espreitar. Muito mais ainda. Não podia dormir. Chegaria até o máximo da sordidez humana: aos atos de espionagem. Tinha sido indicado para aquilo. Uma cartada apertada como se fosse uma rendição obrigatória ou uma explicação para o fracasso da sua vida. Deram-lhe aquilo como ato de misericórdia para que expiasse coisas que não compreendia porque existiam. Oh, pobres homens perdidos de ignorância...

Os passos de Pio, esmagando as folhas do chão, vieram despertá-lo de um retrospecto desagradável.

O criado sustentava na mão direita um coco-verde. Olhou o fruto espantado. Poucos eram os coqueiros que se perdiam pela ilha. Pio vinha descendo o coco até o colo do delegado.

– Patrão. Mandaram pro senhor. Mandaram dizer que coco com cachaça é bom. Muito bom...

Diogo levantou-se enfurecido.

Arremessou o coco ao chão. Agarrou o empregado pelo ombro e o sacudiu brutalmente.

– O que significa isso? Quem mandou isso?

Pio tremeu.

– Foi ele, patrão.

– Ele quem, desgraçado?

– Foi Cesário...

– Ah, sei. Foi Cesário. O homem da praia, não é, traste ordinário?

Soltou o homem. Homem?! Aquilo era um verme mastigado, transpirando falsidade.

Pio alisava o ombro apertado. Foi falando, numa voz sem emoção, sem modulação:

– Não ligue, patrão. Ele vai levá o senhô inté à loucura...

Girou sobre os pés, penetrou na casa em direção à cozinha.

• • •

– Ele o levará até à loucura, Diogo...

Doutor Saturnino tinha apanhado uma colher, destampado o bule de chá e remexia as folhas fervendo.

– Sim, é verdade. Ele o levará até à loucura. – Tirou a colher. Tampou o bule de chá.

– Mas no momento isso não importa. Ainda é cedo para anteciparmos os fatos. Prove esse chá. Legítimo da Índia. Esplêndido.

A xícara fumegante lançava espirais para o alto, em linha reta, porque não havia vento.

– Quem é esse Cesário, doutor?

– Cesário? Mas sinta, homem de Deus, o perfume desse chá! Uma delícia! Ah, Cesário... Sim, Cesário é o homem do... kakorê.

– Kakorê?

– Cesário é o homem do kakorê. O homem que faz feitiço. O homem que enlouquece os outros. Mas que chá...

E emborcava seguidamente, aspirando grandes sorvos do ar reacendendo a bebida cozida.

Os seus olhos azuis pareciam embriagados a caminhar por paragens longínquas, a se perder em distâncias irremediáveis...

Diogo não insistiu na pergunta. Principiava a crer que aquela frase dita pelo próprio doutor, "não confie em ninguém aqui", também poderia relacionar-se com quem a pronunciara. Talvez o médico, torturado de lembranças, massacrado pelo ambiente, tivesse de propósito se transformado num sádico mental.

O rapaz levantou a xícara aos lábios e, por entre as espirais de calor que se soltavam da bebida, seus olhos devoravam a paisagem em frente.

A casa do doutor era como a sua. O mesmo quintal e também as mesmas árvores. A cerca, a praia e o mar viscoso e espelhento adormecido numa maré quase sempre de aspecto parado. O mar era a máscara da morte.

Contraiu-se e inexpressivo murmurou:

– Realmente o chá está uma delícia...

Doutor Saturnino sorriu delicado.

– Eu sabia que você apreciaria a minha especialidade. Aliás, a minha outra especialidade. Porque a verdadeira é matar...

Diogo ouviu sem se espantar. Poderia ser verdade. Sim, poderia também aquilo ser verdade.

De repente os olhos do rapaz se iluminaram. Em louca correria pela praia, espadanando areia pelos espaços, cabeça levantada e crinas chicoteadas pelo próprio vento da carreira, um belo cavalo dourado cortou a paisagem.

O delegado ergueu-se e correu ansioso para a janela. Como era vivo o animal galopando, num cenário totalmente morto. Lá ia ele, revolucionando as crinas e a cauda, se perdendo em direção à restinga.

Voltou para a mesa posta. O Doutor Saturnino o fitava tentando descobrir-lhe o íntimo.

A sua roupa impecavelmente branca, a camisa entreaberta, os pelos brancos, a corrente de prata, tudo nele transpirando branco e limpeza. Sem saber por quê, a figura iluminada do médico causava-lhe uma certa aversão ainda não compreendida.

– De quem é o cavalo?
– Que cavalo?

Sabia que ele também vira o cavalo e que fingia ignorar.

– Aquele que passou correndo.
– De que cor? Ah, sei. Mas estávamos falando de Cesário. Quer saber mesmo quem é Cesário?
– No momento perguntei ao senhor pelo cavalo.
– Entretanto acho que Cesário é mais importante para você.

Deu uma risada.

– Cesário, Cesário não é ninguém. É e não é. Cesário significa o ódio da ilha. Sintetiza a reação dos nativos, dos donos dessas miseráveis terras, contra nós. Para eles, não passamos de estranjas, de indesejáveis. Mesmo pelas curas de que fui autor, mesmo pelas poucas mortes de que não tive culpa, nem pelos vinte anos de permanência entre eles, nunca me considerariam como um ser humano que necessitasse viver na ilha como qualquer outro. Sempre serei um estranja.

– Mas Cesário existe?
– É um homem. Um mísero curandeiro, um dos seus inimigos naturais, um homem a quem não se deve descuidar. Quando falei que você era demasiado moço para essa empreitada que lhe designaram, tinha lá as minhas razões. Você não pode dormir, dormir na pontaria, como se diz. Esse homem negocia mais que os outros com as vidas humanas. Todos traficam com o presídio. Quando o vi, meu rapaz, calculei que não tivesse experiência suficiente da maldade

humana para encarar com calma a faca de dois gumes que lhe ofereceram.
– Quem sabe se o senhor se engana?
– Talvez. Mas você para escapar dessa embrulhada terá de matar. Matar será o mínimo, porque senão essa gente o levará à loucura.
– Pio falou-me que Cesário fornecia as canoas para os presos se evadirem e alcançarem o mar alto... é verdade?
– É. Todo mundo sabe disso. O outro também o sabia. Mas o outro era fraco. O calor o enlouquecia. Tinha-se a impressão de que tudo o transtornava: o silêncio dos moradores, o canto da pesca, a risada de Nina, e até...
Doutor Saturnino riu gostosamente.
– Imagine que até o simples fato de eu me vestir impecavelmente de branco... Engraçado, não?
Diogo sentiu-se mal. Entretanto procurou não traduzir comprimindo todos os pequenos gestos que o pudessem trair.
– De fato, é engraçado. Agora, se fosse possível, gostaria de saber como findou a loucura do outro.
– É o que já lhe contei. Cesário passou a observar-lhe os menores gestos. Conseguiu evasão a um preso de um modo sensacional, em pleno dia. E ninguém viu. O outro, que calculara somente a possibilidade de se evadirem os presos nas noites de temporal, ficou desacreditado. Sim, porque os homens dessa praia só o respeitarão enquanto nenhum preso escapar. Preste atenção nesse detalhe: desde que um alcance o mar alto, começarão os risinhos miúdos, as cantigas referentes ao seu fracasso... O outro não resistiu. Juntou-se mais à Nina e se embriagava constantemente. Uma noite...
Doutor Saturnino tornou-se sombrio. Seus olhos tinham cintilações metálicas.
Diogo sabia que "naquela noite" estaria toda a tragédia. Porque todos os mistérios são feitos no medo da noite.

– ...Numa noite, eu me sentara embaixo da amendoeira, suspendera os meus braços em repouso sobre o alto da preguiçosa, e fumava o meu fumo inglês em devaneios. Escutava o silêncio de sempre, e via as poucas luzes de querosene acesas nas casas do porto. O céu estava cheio de estrelas que nos fitavam. De repente um tiro repercutiu imenso pelas paredes da noite, esmagando angustiosamente o torpor do ermo. Levantei-me assustado. Viera de lá. Da casa que hoje é sua. Num momento a ilha se movimentou. Cães ladraram em direção ao tiro. Vieram homens com lampião. Corri a apanhar a minha lanterna elétrica. Os vultos se postavam à entrada, sem coragem de penetrar na moradia. Empurrei-os e entrei na casa. Tombado sobre a mesa, com a cabeça envolta em enorme sangria, lá estava ele, sinistramente morto...

O médico fez uma pausa para continuar logo então.

– Não deixou uma só explicação. Nem uma linha dirigida a alguém. Na sua mesa ainda se encontram vestígios nodosos de sangue. Não viu? Foi Cesário quem o levou à loucura...

Calou-se a voz. Suas mãos se aconchegaram em volta do bule de chá.

– Que pena, esfriou o chá...

Diogo levantou-se.

– Eu já me vou.

– Ainda é cedo. Deixe que eu lhe conte a história do cavalo dourado. É curta.

Puxou o rapaz pela manga da camisa, obrigando-o a sentar-se.

– O cavalo é de um ricaço desgostoso que o soltou por aqui. Uns dizem que pertence ao dono do presídio, outros, não. Há uma lenda de que ele corria em pistas e partiu a perna e que seu dono o trouxe para cá. Vive solto pela ilha, numa liberdade absoluta. Anda por onde bem quer.

– E quem toma conta do animal?

– Dauro ficou encarregado disso. Mas ele não tolhe o menor dos desejos do cavalo. Contam que Cesário vaticinou que ele seria montado pela Morte...

Diogo tornou a levantar-se. Dessa vez o médico não se opôs. Levou-o até a porta e bateu-lhe carinhosamente no ombro.

– Não acredite em tudo que se conta por aqui. Na maioria são lendas sem importância.

Viu o rapaz se afastando e pensou, sem resquício algum de tragédia:

"É preciso endurecê-lo. Talvez assim ele dê conta da missão..."

CAPÍTULO TERCEIRO

Voltava como que embriagado. Não se sentia. Nem mesmo o ruído dos sapatos mergulhando na areia fina e morna o despertava para a realidade das coisas. Parecia dominado por um daqueles delírios de outrora...

Agora chegara a se convencer de que o doutor era realmente um sádico. Um louco sem aparências. E suas frases calmas repercutiam em seu cérebro a confundir-se com imagens marcantes no subconsciente.

"Ele o levará à loucura..." e tornava a escutar o galopar do cavalo dourado pelas areias em busca da restinga.

"Cesário é o ódio..."

As folhas caindo retas, vermelhas e enchendo o chão de sombras de uma camada morta...

"Mas que chá..."

Os homens no mar, os que fugiram foram devorados pelas tintureiras.

"Do outro lado tem vento..."

Mas o que divisava era a noite negra, onde as tochas esvoaçantes de resina acesa procuravam, entre cantos, o aratu.

O cão de raça era ele. O homem do violão dissera. "Cesário? Ah, sim."

Araé estava cavando a terra novamente e o corpo amolecido e amarelo rolava de bruços, numa maré de impiedade e esquecimento.

"O homem da praia, não é, traste ordinário?"

O coco-verde arremessado com ódio, o ruído do cavalo livre estourava aos seus ouvidos, atingindo proporções extremas. Depois, já não eram os cascos martelando as terras e sim o rugido do temporal. A rosa despetalava-se sozinha, a cor transformando-se de azul numa onda de negro e de luto...

Estacou espantado diante do portão de sua casa. Seus olhos foram examinando vagarosamente a cerca, as amendoeiras, os pés de amora que tentavam formar uma sebe ressequida... Era a sua casa. Estava em sua casa.

Entrou vagarosamente e, à proporção que retornava a si, um arrepio maléfico percorreu todo o seu corpo. Sentia no mistério envolvente do destino, sentia na solidão da casa em quietude, sobraçá-lo a sombra do outro.

Na sala, fitou a rosa sobre a mesa. Ela estava azulada: bom tempo.

Arredou uma cadeira e deixou-se cair amolecido. Os braços jogaram-se sobre o móvel e o ouvido direito encostou sobre a madeira. Estava se acalmando. A cabeça funcionava calmamente e podia bem escutar o coração no peito, batendo forte, com soluços do mar. O mar que só existia longe, para as bandas das penedias ou no fim da lâmina da restinga. Seus olhos doloridos iam-se fechando, fechando.

Enquanto isso, a tarde se esvaía lenta e quente. As canoas de pesca retornavam à praia. Os gaivotões pescavam no horizonte. E a noite, mais uma noite comum, se descerrava gradativamente como uma flor a se desenvolver no caule.

Noite alta, quando Pio penetrou na sala carregando o lampião, enxotando as sombras da sala.

Diogo abriu os olhos. Dormia muito.

– A janta tá pronta, patrão.

Suspendeu-se e alisou o rosto. A barba cerrada arranhava-lhe a mão com um ruído de gravetos finos se partindo.

Pio aproximou-se da mesa e puxou a toalha. Foi então que a luz do lampião, incidindo na parte descoberta, mostrou ao rapaz as manchas secas da madeira.

"Na sua mesa ainda se encontram vestígios nodosos de sangue. Não viu? Foi Cesário quem o levou à loucura..."

E toda aquela ferrugem de sombras se destacando na mesa. Aquelas manchas informes que se apagariam com o correr dos dias, com o moer dos tempos, era tudo que restava de vivo, de testemunho do outro.

•••

Fez um movimento para entrar, mas teve medo. Olhou a casa aberta. Sim, tinha gente. A casa fora sua. Comera muito tempo ali.

Dormira no terraço. Depois não compreendera porque fecharam a casa e o enxotaram dali.

Muitos dias viera se arrastando até o portão e sondava nos velhos olhos se a casa voltara a abrir-se. Mas não. Ninguém. Só o chão do terreiro coberto de folhas de amendoeiras amontoando-se mais e mais. Nem podia compreender por que o silêncio daquele abandono todo, por que as portas continuavam fechadas, o chão sujo e a solidão se povoando em cada canto...

E, como não a abriam mais, foi deixando de procurar pela casa. Estava velho. Doíam-lhe os membros atacados de reumatismo. O corpo quase não mais se sustentava em pé. E mesmo a vista custava a diferençar uma pessoa da outra. Foi-se deixando ficar naquela sonolência de velhice, estirado ao comprido das areias. O sol do dia, ardendo-lhe no dorso, alivia-lhe o reumatismo.

O pior era a fome, a fome constante. Ninguém mais o reconhecia ou o agradava. Também os meninos da praia não o maltratavam mais. Os seus dentes já nem quase existiam. Engolia os restos dos peixes tratados com dificuldade. E assim mesmo quando os outros mais moços se tinham fartado. Ficava com as sobras, quando se retiravam e não rosnavam sobre ele. Tinha medo de todos, até dos mais pequenos.

Qualquer trompaço ou trambolhão o arremessavam desequilibrado, provocando uivos de dor e lamentação. Estava velho o pobre cão.

Mas agora a casa se abrira. Tentou num gesto fraco abanar a cauda. Queria entrar, mas tinha medo. Podia ser que batessem nele com um pedaço de pau. Ou talvez o dono não o reconhecesse, tivesse se esquecido dele, que dormia no terraço, que o olhava cheio de ternura e gratidão.

Tanto tempo e a casa seria sua ainda? Era melhor arriscar. Entrou. Mas esbarrou com os degraus. Subi-los? Como, se não tinha mais força?

Só havia um jeito. E ganiu fraco, tristemente. Diogo viu o cão velho gemendo à porta.

Pio aproximou-se e, apanhando uma vara na cerca, ia enxotar o animal, mas Diogo se compadeceu.

– Não bata no bicho. Ele está faminto.

E ajoelhando-se perto alisou a cabeça do animal. O cão cheirou-o lentamente.

Não era o mesmo. Não. Seus olhos não sabiam distinguir mais com acuidade. Mas o olfato garantia que não era o mesmo. Entretanto esse também era bom. Não deixara que batessem nele com o pau... Abanou a cauda agradecido. Sentiu que as mãos do homem o agarravam com carinho e o suspendiam sem o magoar.

– Com fome, não, velho? O teu corpo te dói muito?

Depois o homem foi lá dentro e trouxe carne.

Cortou-a em pedaços diminutos e aproximou-os da sua boca. Abanou novamente a cauda. Engolia e babava. Olhava para o homem como a pedir que perdoasse ter de babar o chão do terraço. Era velho... Depois o homem trouxe água fria numa tigela. E ele bebeu devagarinho. Pio, que observava a cena, falou enojado:

– Patrão, esse cachorro é imundo. Pulguento. Tá cum lepra. Vai morrê de podre. É melhor jogá ele na praia.

– Isso é maldade.

– Eu levo ele.

Fez menção de agarrar o bicho.

– Não toque nele. Ele vai ficar. Que é que tem?

– Tem muita coisa, patrão. Esse cachorro já viveu nesta casa. Tem maldição. Não viu como ele uivô? Ele tava chamando o morto.

Diogo não ligava muito ao que dizia o empregado, mas perguntou a Pio:

– Ele já morou nesta casa?

– Já, inhor sim. O outro delegado teve pena dele e deixou ele morando aqui. Ele tem maldição.

Diogo olhou o velho cão: o pelo caindo, a pele se enegrecendo de velhice, a boca pendurada, sem força e os olhos quase cegos se vidrando. O bicho parecia pedir esmola em todos os reduzidos movimentos. Parecia pedir vida, pão, carinho, sol... Talvez que pouco tempo ele durasse. Empurrá-lo para a praia de onde viera se arrastando? Talvez o bichinho pensasse que ele era o seu antigo protetor, os seus sentidos enfraquecidos confundindo-o com o dono morto.

Abaixou-se para o animal abandonado. Alisou-lhe a cabeça, meigamente. Eram iguais de abandono. Dirigiu-se para o empregado:

– Pio, ele vai ficar. De agora em diante será meu.

E acarinhando o cão, enternecido, murmurou bem baixo:

– O terraço é seu ainda, meu velho. Pode contar comigo.

E na sua cabeça um pensamento satisfeito percorria um murmúrio de felicidade:

"Ao menos tenho uma estima. Terei uma coisa. E essa coisa não me matará com um sorriso..."

∴

Retirou os dois fuzis e trouxe-os para o terraço. Mandou que o empregado transportasse também a caixa de munições. Sentado, pôs-se a inspecionar as armas.

Eram novas. Só que precisavam ser lixadas e oleadas. Não podia confiar a Pio a limpeza. Sabia que o idiota não a desempenharia pelo excesso de preguiça e relaxamento, como também pela inutilidade da cachaça que lhe minava o organismo. Retirou a alça, o gatilho e principiou a lixar pacientemente.

O cão dormia calmo a seu lado. Os pensamentos percorriam a sua cabeça quase sem seguimento.

"Tenho que trazer essas armas em perfeito estado. E principalmente ao alcance dos dedos."

– Matar é o mínimo – dissera o Doutor Saturnino.

A ideia de matar não o aborrecia mais. Aceitara o cargo. Que outra coisa poderia ter aceito na vida? Que outra coisa poderia lhe ser confiada?

Tinham-lhe dito que deveria matar. Matar para que desse o exemplo... O médico se enganara a seu respeito. Procuraria, é lógico, capturar o evadido com vida. Mas, em último caso, atiraria para matar. Urgia que ele pegasse o preso primeiro. Antes de Dauro. Porque senão ficaria em situação desmoralizadora.

O seu plano era bom. Breve visitaria Dauro, iria conhecer a fera humana de perto. Quando desconfiasse, quando fosse informado de alguma evasão, se juntaria ao caçador de vidas e iria com ele, passo a passo. Não deixaria que ele se adiantasse nunca. Assim, ou matariam juntos ou agarrariam a presa ao mesmo tempo...

Soubera por pequenos informes que Cesário e Dauro se detestavam. Porque um perdia, forçado, para que o outro ganhasse. Bom seria que eles um dia se eliminassem, se destruíssem. Isso era outro plano que também poderia ser realizado.

O doutor se enganara a seu respeito mesmo. Uma pessoa totalmente boa, ou mesmo decente, não forjaria planos dessa espécie, brincando de destruir vidas alheias sem a menor piedade ou consideração.

Foi distraído das suas ideias pela fala de Pio:

– Patrão, aquela é que é Kana.

Levantou a vista para o vulto indicado. Era uma negra gorda de braços lustrosos. Via-lhe somente as costas. A saia tocando até os pés, vistosa e colorida, deixava aparecer os tamancos se afundando na areia da praia.

– Quem é Kana?

– É a mulher que toma conta da casa da estranja.

Havia um desprezo notório no modo com que pronunciava "estranja".

– Onde é que fica a casa dela?

– Lá embaixo. É das última da baía. Fica um pouco arretirada das outras. Kana cozinha pra ela. Canta cantiga de negro. E também todos os dias sai procurando a mulher que sempre se encontra caída de bêbada. Às vezes Kana só acha ela noite adiantada. Capaiz de agora já está dando busca na "estranja".

Diogo ficou ainda olhando o vulto da negra se sumindo.

Pensava agora na estranha mulher que deveria ser Nina. Nina embriagada. A Nina que dormia com todos os homens que apareciam na ilha. Se tinha casa e empregada poderia ter também alguma posse. No mínimo não passaria de uma viciada, desiludida...

Voltou-se para o trabalho. O dia abafado caminhava sem pressa, incendiando a praia, aquecendo o mar, fazendo o corpo reclamar contra as vestes.

"Engraçado não ter ainda defrontado com a mulher..."

Mas também teria a sua oportunidade. Tudo acabava se encontrando na ilha. Quando se dispusesse a conhecer, a pesquisar as redondezas, travaria relações com tudo ignorado até então.

Pio lhe dissera que, do lado das penedias, existiam praias bonitas, praias cujo chão se escamava de conchas. Nem se via areia. A água lá era limpa e o banho, agradável.

Sabia da existência de um córrego ao pé da serra, em cuja água, branca e fria, muita gente se banhava sempre.

Com o correr dos dias procuraria visitar a irmã que tomava conta do solar de Chico Rita.

De repente estremeceu. Uma pergunta imotivada surgiu-lhe de relance no cérebro:

"E quando fugiria o preso? Ultimamente, segundo os informes diretos recebidos, três tinham conseguido escapar em menos de seis meses."

Passou a mão na testa e sentiu-a umedecida pelo suor frio.

"Quando chegaria a sua vez de agir? Ninguém repetiria a façanha de escapar num dia comum. Era muito arriscado e Cesário não tinha conhecimento suficiente de como seria o novo delegado. Conhecer os meus defeitos e minhas fraquezas. E o fato de tentar enlouquecer-me como se fosse uma visão ameaçadora, o fato de instruir a Pio, recordando peçonhamente todos os motivos, todos os medos, expondo toda a pusilanimidade do outro, comprovavam que Cesário começara a agir."

Pio era um demônio fracassado. Uma peste. Na sua aparência de humilde covardia, ia reavivando, relembrando, a sombra do outro. Mas disso Diogo tentaria se libertar.

Já uma semana era passada e Cesário mudara um pouco a sua tática. O coco-verde que insistentemente aparecia todos os dias, ora à porta da cozinha, ora à sua janela, à sombra da amendoeira, no lugar onde costumava estender a cadeira preguiçosa, tinha desaparecido. Pelo menos temporariamente.

Depois de pensar nisso, Diogo também resolveu irritar a Cesário. Não ignorava que Pio prestava-lhe testemunho de todos os seus atos. Por isso, quando o coco aparecia, chamava Pio e obrigava-o a abrir o fruto. Depois, em frente ao empregado, sorvia a água saborosa, não sem exclamar:

– Como é gostoso o coco-verde...

No primeiro dia que o fruto não apareceu, reclamou para o criado.

– Hoje não veio coco... Que pena!

E observou que nas expressões bestificadas do verme uma surpresa desconcertante estava se realizando. Por isso Cesário mudara de tática.

Esfregou a lixa com força sobre o gatilho.

"Quando fugiria o preso? Quem dentre tantos num presídio teria a desventura de fugir para servir de experiência à arma que agora desmontava? Qual seria o desgraçado?"

•••

Sentiu doer-lhe os dedos enegrecidos, ensanguentados de ferrugem. Mas acabara. Entrou e enfiou as mãos na bacia, esfregando-as com sabão. Todo seu corpo se pegava contra a roupa. Molhou o pescoço suado e suspirou entre cansado e desanimado.

Retornou ao terraço. O cão abanou a cauda e levantou os olhos mortos e vítreos, enquanto as narinas sondavam se havia comida com o patrão.

Que expressão de fome! Fome de tudo, de vida, de pão, de sol... O cão esmolava velhice.

Procurou irritado desviar a vista do animal e dirigiu-se para a sombra da amendoeira em busca de paz. Aquela era a pior hora. Tudo paralisava. O marasmo esvoaçante atacava a paisagem entre as três e quatro horas.

A copa esfarrapada da amendoeira retalhava as sombras do sol vivo. Colou a cabeça, desanimado, sobre os braços úmidos. Os olhos ardiam molhados. O suor escorregava da fronte e percorria o pescoço invadindo o peito.

Nem um pouco de vento. Se pelo menos chovesse. Ou mesmo rebentasse furioso o Sudoeste...

"Não. Isso não. Ainda era cedo para tanto..."

Virou a cabeça para o lado oposto. Os membros ardiam-lhe de calor. O mar era um espelho fosforescente e liso. Nada se movimentava nele. As areias da praia se iluminavam magoando o olhar. Nessa hora, a restinga pegaria fogo e suspenderia ao corpo de quem passasse um bafo morno e sufocante.

"Talvez fosse melhor visitar o doutor." Abanou a cabeça insensivelmente, reprovando a ideia.

Para que irritar-se mais ainda? Aquele homem era louco. Mórbido até nos menores gestos... Que fosse com a especialidade do seu chá para o meio do inferno...

Riu quase gostosamente com a descoberta proporcionada por essa frase.

"Ora, para o meio do inferno..." Então ele não teria de se mudar, porque o inferno devia ser pelas redondezas...

Espiou a cerca queimada, retorcida, onde as amoreiras tentavam guardar a lembrança de uma folha verde...

O peito se apertava de angústia, sufocava. Os cabelos se empastavam grossamente, e os pelos do braço mostravam gotinhas isoladas de suor, que cresciam, aumentavam e deslizavam para o braço da preguiçosa, numa linha fulgente.

Sentia, embaixo dos braços, o suor se acumular e também escorregar para a barriga. Queria respirar e o ar morno o entontecia. Estava enlouquecendo. Não, estava preso nele mesmo, derretendo-se de abatimento. A respiração entrecortada ia acelerando de ritmo. O suor se reunia entre as pernas e molhava o pano da cadeira. Sem saber como, recordou-se do cavalo livre, livre para morrer onde quisesse nos limites da ilha. Pareceu ouvir os seus cascos batucando o chão da praia, as crinas soltas chicoteando a face do espaço, correndo, correndo, correndo.

Arrancou as mãos da cadeira. Limpou alucinadamente o rosto e de um salto encontrou-se fora do portão. Caminhou rápido pela praia. Agora estava dentro das areias, perto do mar imundo que não respirava. Espiou a restinga adormecida. Virou-lhe as costas, desorientado, tomando a direção das penedias.

Vultos nas casas o espiavam curiosamente: caras queimadas de parvas expressões, cabeças despenteadas se apoiando em pescoços sujos, encardidos. Mas ele não via. Apressava os passos cada vez mais entontecido.

O cavalo dourado galopava de novo – tloc-tloc-tloctloc-tloc – não mais nas areias escaldantes, mas sim no seu modo arfante de respirar. Seus cascos pisavam-lhe no peito esmagadoramente...

E andava mais ligeiro. Mais ainda. As casas ficaram para trás, dormindo a sua inércia passiva. Mas não queria as penedias. Precisava era de serra.

Encontrou um atalho de subida. Seu corpo vergado transpôs a inclinação.

"Lá onde as árvores se aparam e se dirigem para o chão... onde o vento nivela tudo..."

Subia cada vez mais e mais. E mais ainda. A camisa quase se despregava do corpo. As pernas melavam-se de um suor corrente. Doíam-lhe os pés. Mas subia sempre. Galgava valas, transpunha pedras, escorregava sobre o barro esfarinhento...

A serra estava quase vencida. As árvores aparadas surgiram-lhe à vista. Ia respirar enfim. Procuraria vento. Nem mesmo que fosse preciso rasgar o peito para melhor sorver o ar puro...

Mais cinco passos. Agora podia distinguir o vento uivando de mansinho na vegetação. Cambaleou. Mais um passo. Outro. Só mais outro...

O vento rebentou macio no seu rosto. Parou um momento respirando, respirando. Vergou os joelhos de fraqueza sobre a terra dura e foi sentando-se sobre os pés. E respirava sempre. O vento vinha enxugar seu corpo, aliviando-lhe o desespero da alma. Sentiu vontade de chorar, como os menores seres, chorar humilde. Uma intensa ternura para consigo mesmo apoderava-se do seu todo. Sentia não poder ser criança, não poder ser colocado no seu próprio colo, nem encostar a cabeça no seu próprio ser: não ter as suas próprias mãos para se alisar naquele abandono todo.

Pôde então descortinar a paisagem. Atrás ficara a baía. Desse outro lado novo existia a planície a se perder brilhante. Uma selva antes, emaranhada e inóspita. Voltou-se em direção às penedias e enxergou o mar rebentando-se em espumas e as espumas desfazendo-se em nada. Os olhos estavam molhados, mas desta vez não era de suor. Toda a paisagem, todos os arbustos, todas as folhas se encontravam molhados. Seus olhos molhavam tudo.

Foi quando uma gargalhada fina e debochada repercutiu aos seus ouvidos. Uma frase, uma voz o atingiu.

– Também veio à procura de vento?...

CAPÍTULO QUARTO

– Também veio à procura de vento?...

E a gargalhada debochada repercutia entre nervosa e irritante.

Ergueu-se lentamente. Desviou-se para onde vinha a voz. A mulher estava ali. Analisou o vulto recostado à sombra de um arbusto. Seus olhos se prenderam imediatamente no ponto de fuga da visão. Uma garrafa de aguardente apertada entre dedos finos e queimados de sol. Das mãos sua vista foi elevando-se para os braços nus, para os ombros. Para a blusa entreaberta e o colo queimado. Para os cabelos louros e muito mais esbranquiçados nas pontas que roçavam os ombros. Viu os olhos claros se transformando em colorações de azul para verde. Os dentes eram bons e bem feitos. Os quadris arredondados e a saia apertada davam-lhe uma certa graça. Os pés inquietos se remexiam no chinelo de corda esfiapado. Era Nina.

Recobrou-se do espanto e respondeu devagar:

– Lá, me disseram: "do outro lado tem vento".

– E tem, não?

– Tem.

As garras do inútil elevaram a boca da garrafa até a outra boca e só então Diogo pôde notar que seus olhos cansados tinham estrias de sangue e se empapuçavam ligeiramente sobre os cílios.

O doutor não mentira quando afirmara que Nina era uma bela mulher.

– O doutor não lhe mentiu dizendo que aqui havia vento, não foi?

– Parece que o doutor não mente.

– Não o conheço muito para formular uma opinião decisiva sobre ele. Mas o doutor é uma posta de estrume. Um macho depauperado.

Riu de novo e suspendeu a garrafa até os olhos.

– Que pena. Está acabando. Mas ainda chega para um trago, quer?

– Obrigado. Não bebo.

– Pelo menos, sente-se. Não custa.

Ele se aproximou. Derreou o corpo devagar. Sentiu o corpo se roçar na mesma árvore que a apoiava.

– Eu já o tinha visto. Se não me engano no dia da sua chegada.

Seu hálito fedia a álcool.

– Reparei no seu jeito triste e no seu modo indeciso de caminhar... Pensei comigo: "esse é outro...".

– Outro o quê?

– Outro que foge.

Diogo se fez de desentendido:

– Foge de quê?

– Foge, simplesmente. Os de lá – e indicou onde deveria existir o presídio – fogem para lá. Seu dedo apontava o mar imenso que se perdia todo num grande mistério.

– E nós...

– Compreendo...

– Mas não se assuste que não perguntarei por que você veio. Nem tampouco o tamanho da tragédia de sua vida...

Diogo examinava a mulher admirado. Entre ébria, quase inconsciente, ela conseguia expressar-se e raciocinar com clareza surpreendente.

– Aprecio gente inteligente. Sei que você não me perguntará a velha fórmula empregada por todos: por que você bebe? Não vê que está se desgraçando?

– Sim, não visarei a fórmula detestada. Mas teria uma curiosidade de fazer uma variante: você nunca deixa de beber?

– Nunca.

– Foi o que me disseram.

– Ora, o que disseram e o que dizem. Todos são umas bestas mansas.

Mas Diogo pensava justamente o contrário do que se murmurava sobre a mulher. Nina não bebia porque fosse viciada. E sim por frustração. De outro modo, por que teria ela pensado sobre ele: "é outro que foge"?...

Sorriu interiormente e cortou a relação dos seus pensamentos para comentar:

– Interessante como as coisas acontecem por aqui. Como tudo se realiza tão depressa. Tenho a impressão de que somos velhos amigos, de que nos conhecemos há muito tempo.

– Não é um fato estranho. Em qualquer canto nossa conversa pareceria despida de naturalidade. Mas é a ilha. A ilha e o abandono que nos arremessam uns contra os outros, ou para nos devorarmos ou para a obrigação de nos suportarmos mutuamente. Não disse a você que todos nós somos presos?...

– Os presos que sempre se evadem...

Nina não se impressionou com o tom dramático do rapaz. Nem sequer procurou se aprofundar no sentido exato das suas últimas palavras.

– Não é só isso. É o calejamento da inutilidade. Eu já ouvira falar de você. Alguém deve ter comentado a meu respeito.

E não pense que o nosso encontro foi casual. Sempre é aqui o meu local preferido para travar as novas relações.
– Você sabia que eu viria até... o lado que tem vento?
– Sabia. Os outros vêm. E por que não você?
A embriaguez total tomava conta da mulher. Dentro em pouco ela cairia em sono profundo, distante e reparador. Os olhos, que escureciam porque se fechavam, tomavam agora uma tonalidade verde-escura. Não obstante isso, ela falava.
– Você sabia que eu sou a estranja? Ninguém me perdoa isso. Pobre de Nina. Mas pobre por quê? Eu sou a puta respeitada. Todos os moradores têm pavor de mim. Eles me odeiam baixinho, pelas costas. Me xingam por trás. Acham que eu trago desgraça para a ilha, que as pescarias pioram por minha causa, que só a minha morte traria o sossego para tudo. No começo ninguém queria se empregar em minha casa e as hostilidades eram maiores. Agora não, eles se comprazem quando sou encontrada bêbada e alegram-se quando na venda a quantidade de bebidas adquiridas por mim aumenta de volume... Gozado, não?
– O que deverei fazer?
– Qualquer coisa. Você é inteligente.
– Não sei se normalmente você me contaria essas coisas. Não sei se você presta atenção no que lhe digo. Se a sua autocrítica destruída pelo álcool permite você me escutar como ajuda, você a comentar os fatos que lhe interessam...
– Você fala bem e com facilidade.
– Você também.
– Eu sei. Foi por isso que notei essa qualidade em você.
– Isso significa aproximação?
– Claro. Por um mês ou dois talvez. Como acontece com os outros. Com o doutor também se deu esse meu encantamento pela palestra. Ele fala de um modo atraente e suave. E depois não será só isso. O seu todo, sempre asseado, branco, a ilha sem ninguém, sem um homem...

– E então?

– Fui dormir com ele. Não quero falar mal, mas o doutor é velho. O calor desse ambiente, o ar que mata, talvez isso, e mais os sessenta anos de vida. Talvez, também, a tragédia que ele encobre... Sim, o doutor é velho e sem virilidade.

– Por isso você o detesta?

– Não. Eu não o detesto. Tenho-lhe nojo apenas. Ele é louco, sádico. Tem inveja da mocidade dos outros. Aquela sua mania de branco, de limpeza, é um resquício de desequilíbrio. Eu compreenderia a sua velhice, admitiria o seu fracasso de macho, mesmo ele tendo me levado aos paroxismos da excitação... mas não deveria falar.

– Conte assim mesmo.

– Na noite que fui à sua casa, tive que correr nua pela praia. Mesmo embriagada, não perdia o conhecimento das coisas. Ele, sabendo que não se realizaria como homem, tentou espetar os meus seios com um garfo.

Diogo engoliu emocionado. Que cena incrível. Uma mulher, bêbada e nua, fugindo pela praia, na escuridão da noite. E dentro de uma casa, um homem, desgraçado e velho, transbordante também de velhas dores, mastigando o amargor dos seus fracassos...

Os olhos de Nina se fechavam mais e mais.

– Que pena que você não beba...

Riu de mansinho.

– Você é um belo homem. Tem braços fortes e belos traços...

Seu corpo ia descendo amolecido e sua cabeça loira roçava o chão procurando apoio.

– Se você tem outro vício. Se quiser maconha, por exemplo... Cesário pode conseguir.

Rolou a cabeça para a direita e adormeceu. A garrafa despregou-se-lhe dos dedos e paralisou-se de abandono. A tarde se fechava de todo.

●●●

Kana alumiava o caminho com a lanterna elétrica.

A luz riscava a noite e alvejava as areias da praia. Por trás, Diogo caminhava meio vergado, transportando o corpo mole da mulher que dormia.

CAPÍTULO QUINTO

O canto da manhã vinha penetrando com a luz, pela janela entreaberta. Nina abriu os olhos devagar. Doía-lhe a cabeça e tudo em volta parecia ter adquirido um sem-número de oscilações. Sentia o corpo tremer e uma sede aguda a lhe incomodar o estômago. Revirou-se na cama, passou a mão na testa, desafogando-se dos cabelos louros e embaraçados. Abriu os olhos com força e só então sentiu o homem que tinha dormido a noite toda a seu lado.

Diogo, suspenso sobre os braços, sorria; apreciando o despertar da mulher.

– Jesus, como me dói a cabeça.

– Tome isso.

Diogo entregou-lhe um copo onde dissolvera um sedativo.

– Eu já sabia que você despertava desse jeito. Preparei isso.

– Não é preciso. Todas as minhas manhãs são assim doloridas. Depois passa.

– Mas beba.

E levando o copo aos lábios da mulher esperou que ela bebesse todo o remédio.

E de leve começou a friccionar-lhe a testa. Ao contato com a carne de Nina, seu corpo se arrepiava numa estranha irritação. Nem podia notar o tempo que perdera, insensivelmente, nos seus dedos, deslizando na fronte da mulher.

Nina entreabriu os olhos.

– Passou?

– Completamente.

E sorriu agradecida.

Uma pequena ternura invadia o íntimo do rapaz. Era a primeira ternura, a primeira fase do homem na ronda da fêmea...

Nina pensava. Ele a trouxera até ali, dormira a seu lado e era um belo homem. Teve um estremecimento. Teria sido ele? Agora estava sentindo o seu corpo nu sobre os lençóis. Quem a despira? Talvez Kana. Não, a negra era imprestável. Verdade que sempre a trazia embriagada e jogava-se de qualquer jeito, como se fosse uma boneca estragada ou um traste imprestável...

Disfarçou e espiou sob os lençóis: sua suspeita estava confirmada.

De sob as cobertas vinha-lhe até o nariz o cheiro conhecido do seu próprio corpo nu.

Sorriu.

– Foi você quem me trouxe?

– Foi.

– Quem me deitou aqui?

– Eu mesmo.

Nem um resto de pudor conseguiu transparecer em suas faces.

– Você também me despiu?

– Também.

Nina pensava. Pensava nas mãos do rapaz, arrancando-lhe as partes do vestuário, as peças mais íntimas. Pensava que nos seus olhos deveria ter-se realizado algum desejo.

Os seus seios ainda claros com as pontas tão róseas. As coxas roçantes, onde os pelos eram loiros como feixes de trigo...

Olhou o moço insistentemente e suspendeu a cabeça bem perto da dele a ponto de sentir a sua respiração morna sobre os seus lábios. Os seus cabelos loiros escorregavam para trás e encobriam os ombros nus que tentavam se libertar da coberta.

Diogo era atraído pela vertigem.

— Você tem uns olhos lindos. Seu nome é Diogo, não é?

Ele não falava. Apenas confirmou levemente com a cabeça.

— Olhos castanhos, quase negros, bonitos, Diogo. Eu gosto dos olhos dos homens. Os seus têm uma tristeza e um mistério envolventes.

Alisou a testa do rapaz.

— Gosto de ver os olhos mais de perto ainda. Assim. E encostou o nariz sobre o rosto barbado do moço. Ela não parava de falar:

— O mistério dos olhos, a profundeza do escuro, o mundo em círculo diante de mim mesma.

A sua fala chocava-se quente contra a face do homem.

Diogo não podia mais enxergar o mundo descrito por ela. Seu corpo estremecia. A pele de Nina, o cheiro se despregando dos seus cabelos, o gosto sentido do corpo se roçando, os braços que o arrastavam mais e mais, as chispas de doçura se misturando naqueles olhos defronte, se misturando de verde para azul, e o dolente cicio com que ela envolvia as suas frases.

— Seus olhos são lindos, Diogo... Você me despiu?

Quantos homens não a tinham despido dentro da vida? A uns, ela os desejava em todos os gestos, nem que fosse por um momento acidental de desejo; a outros, ela admitia enojada, irritada. Com ele, não. Ele a despira como uma criança, tratara-a com ternura e bondade estranhas.

– E não se aproveitou?
Qualquer homem poderia ou teria mesmo se aproveitado da ocasião. Ele tinha os olhos bonitos, ela os via. E tão junto aos seus...
Diogo estremeceu mais ainda, sorvido pela vertigem gostosa. Fechou os olhos sem força e encostou a boca com força, grudando-a contra os lábios entreabertos de Nina...

•••

Diogo pensava. Agora Pio já devia saber de tudo, Kana na certa o informara. Todos os seus gestos para com Nina eram comentados, passariam de boca em boca. Seriam o assunto da ilha.
– Lembrou-se da última vez que encontrara o doutor e que pouco conversaram. E, nessa última vez, Guarabira derrubara um pouco de bebida na roupa do médico. Lembrava-se das chispas de ódio que perpassaram nos olhos do Doutor Saturnino. Também do último encontro somente sobrara aquela lembrança e uma frase dita intencionalmente para fazer efeito: "Nós não morremos de solidão, mas sobramos de inutilidade".
O doutor cansava. A história da ilha ampliada pelo seu sadismo. O garfo se enterrando no seio de Nina. A sua falta de virilidade. "Nojento aquele homem."
"Agora, o que ele iria pensar das suas relações com Nina? Também não importava o que pensasse ou o que se murmurasse a seu respeito."
Foi interrompido nas suas divagações pela voz de Nina se remexendo na cama.
– Em que pensa, querido?
– Em nada, talvez preocupado com o cão. Tenho medo de que, não estando lá em casa, Pio deixe de dar comida ao animal e o maltrate...

– Acho que minhas atrações físicas estão em grande decadência. Um macho dorme comigo, deita-se a meu lado e pensa num cão...
Riu daquele mesmo jeito debochado.
– Espere aí.
Levantou-se em direção à cozinha, dizendo que tinha sede. Quando voltou, Diogo sentiu que seu hálito fora invadido pelo álcool. Agora Nina começava o seu dia comum.

•••

Continuou morando em sua casa, tratando o cão com piedade, com a caridade exigida por sua velhice e apodrecimento. A sua vida derivava no ritmo normal, a não ser os olhos astutos de Pio espionando todos os seus gestos, sondando todos os seus movimentos, estudando as suas reações exteriores.

De novo voltara a presença do coco-verde, mas não se sobressaltara. Encarava tudo como um problema conhecido e de solução exata.

Não podia sentir-se bem ao lado dessa mulher, ver a sua sede constante e o desespero das suas garras emborcando as largas tragadas de álcool. Nina bebia tudo, qualquer espécie de esquecimento em forma de vício. Não havia cura para ela. E também não tentaria dissuadi-la. Todos eram doentes, perdidos, perdidos de Infinito...

Cesário trabalhava de novo, se evitando, marcando de longe a constante presença do assunto. Restava a Diogo a espera. E enquanto esperava, naquele mundo resumido, entregava-se passivamente à adaptação das coisas mortas. Rondava a ilha, olhava a flor de pano, sentava-se na preguiçosa e espiava a restinga como um estirão de fogo esvaindo-se ao longe até à boca do mar. Via que homens traziam, vergados pelo peso, cargas de banana-verde. E aquele transporte primitivo era feito sob o cáustico do sol. Os bananais do interior da ilha e a pesca ajudavam aquela gente a não morrer de inanição. As pilhas de banana amontoavam-se no porto, enchiam canoas e eram transportadas para a costa, circundando o lado das penedias. Os remos, cortando a água parada, traziam uma sensação de vivo e um estremecimento de cenário.

Despertava, às vezes, irritado com a sua sonolência, para sentir mais dolorida ainda a realidade da situação, para ver a ilha a consumir-se em fogo e o corpo a desfazer-se em gotas de suor escaldante...

•••

Foi-se aproximando da casa de Nina. A voz dolente de Kana cantava canções amargas, canções de marés veladas. O porto iluminava-se com as luzes de querosene dos casebres e casinholas. A areia pisada por seus pés enchia o espaço parado de um som monótono e destoante. Vultos se encolhiam às soleiras das portas, e as poucas vozes que rompiam o silêncio eram baixas e humildes. A conversa escutada no escuro parecia alimentar-se de mitos e ódios mesquinhos.

Transpôs o portão da casa e em seguida o terraço. Kana parou de cantar e, sem responder o boa-noite murmurado pelo rapaz, procurou a solidão da cozinha.

Nina ergueu a cabeça e tentou levantar-se do velho sofá, na sala.

– Ah, é você?

Recostou-se depois molemente.

– Hoje tive uma ideia genial. Resolvi um problema angustioso...

Estava excessivamente embriagada, mas as palavras saíam puras e com facilidade. Vendo o silêncio do moço, que a observava, perguntou:

– Não se interessa em saber o que foi?
– O que foi?
– Consegui um cantil. Sabe o que significa isso? – Seus olhos brilharam à luz do lampião. – Significa que não precisarei mais transportar garrafas incômodas. Trarei a bebida grudada ao meu corpo. Uma espécie de seguro de vida. Assim não haverá o perigo de avarias e a qualquer momento poderei apagar a minha sede. O que me diz disso? Esplêndido, não?...

Nina se encolheu um pouco no sofá para que ele se sentasse.
– Cesário recomeçou a me enviar o coco-verde...
– Dizendo que tomasse aquilo com cachaça...
– Como você sabe?
– Ele assim fazia com o outro.
– O que teve você com o outro, Nina?
– Pouca coisa. Um dia lhe conto. Por que você não bebe o coco com aguardente?
– Não bebo, Nina.
– Por que não bebe? Diogo, você não me engana. De onde provêm essas suas crises de tristeza e esmagamento? E essas faíscas de loucura que riscam sem que note esses olhos grandes?

Deu uma risada comprida.
– Já temos intimidade suficiente para que você me conte algo de sua vida, algo sem explorações sentimentais.

Fez uma pausa e fitou detalhadamente o moço como se repetisse em seu silêncio: de onde provém a loucura desses olhos?
– Eu hoje estou romântica. Kana estava me contando histórias cantadas. Até eu hoje contaria histórias.

Lembrou-se de alguma coisa. Escorregou a mão até o chão e suspendeu o cantil. Desarrolhou-o e sorveu devagar uma porção de líquido. Limpou os lábios com as costas das mãos e recolocou o cantil no mesmo lugar.
– Bonito o meu cantil, não? Eu não apresentei a você. Chama-se Marcelo.

Levantou-se do sofá e, pegando na mão do rapaz, puxou-o em direção ao quarto; na outra mão, pendurado e em leves balanços, Marcelo ia sendo arrastado.

– Eu quero contar-lhe histórias, Diogo. Hoje eu quero contar-lhe histórias.

Parou no corredor e bateu na porta de um quarto fechado. Encostou o ouvido como se esperasse qualquer resposta. Suspirou alisando a madeira da porta.

– Esse é o quarto do mistério da Nina.

E falando para ela mesma:

– Nina, Nina, eu tenho tanta pena de você. Você nunca entrará nesse quarto, Diogo. Nunca entrará, Diogo.

Arrastou-o suavemente para o quarto de dormir.

– Nesse você pode dormir, pode entrar. É o quarto dos homens, de todos os homens.

O lampião na sala deixava escapar um pouco de luz, enchendo o quarto de penumbra. Nina colocou o cantil na mesa da cabeceira e atirou o corpo sobre os lençóis.

...

Os seus longos cabelos loiros, ondulados, se espojaram na coberta como uma onda a se espreguiçar na praia.

– Tire-me a roupa, Diogo. Ajude-me, não seja mau. A noite é quente e o calor me sufoca.

Diogo riu e principiou a desabotoar a blusa de Nina. Geralmente ela se vestia com simplicidade ou desinteresse. Parecia se vestir porque não era permitido apresentar a nudez de seu corpo aos outros. Geralmente se cobria com uma saia de chita rodada e uma blusa, calçando nos pés um sapato de pano ou um chinelo de cordas.

– Agora se deite bem perto de mim.

E, reclinada no travesseiro, encostou a cabeça de Diogo ao seu peito.

— Eu quero contar-lhe histórias.
— Conte a do outro delegado.
— É curta. Para contar a dele é preciso que saiba a do doutor.
— Então conte a do doutor.
— Dizem que o doutor veio aqui para a ilha porque a mulher o abandonou com os filhos.

Diogo sentiu um estremecimento percorrer-lhe a alma. Mas dominou-se.

— Desde então ele ficou perverso como é, envenenado. Quando o outro delegado, o que existia antes de você aparecer, teve a fraqueza de contar para o Doutor Saturnino a razão por que viera para a ilha... E sabe qual era a história?

Nina riu.

— Gozado que uma ilha no fim do mundo fosse colocar face a face dois homens com a mesma história.

Diogo sentia-se mal. Tentou comentar alguma coisa.

— Quer dizer que também ele tinha sido abandonado pela mulher?

— Também. E quando o Doutor Saturnino convenceu-se de que eu me interessava pelo novo homem, um ódio tremendo o atacou. Lembrou-se do seu malogro comigo e da minha corrida nua pela praia. Foi então que instigou a Cesário a enlouquecer o delegado.

— Com o mesmo argumento que usa agora comigo?

— Sim. O coco e a frase.

— E você acha que o doutor está de conluio com Cesário?

— Não ponho a menor dúvida.

Diogo sentiu um certo desespero.

— Nina, você não está me contando isso porque se encontra bêbada?

— Não. Não é por isso. A bebida já não me faz quase diferença no modo de falar e raciocinar. Não vê que cada vez preciso beber mais, mais e mais?

– E depois?

– Vivi algumas noites com o homem. Enjoei-me porque ele era medroso e tinha muitas coisas que desagradavam. Uma noite ele se suicidou. Isso você já sabe.

– Quanto tempo ele aguentou vivo aqui na ilha?

– Uns oito meses.

– Ahn.

– Agora vou contar para você a minha história.

Alisou os cabelos de Diogo com uma ternura macia.

– Eu tenho três histórias. A primeira é curta. Mas em todas as três há um fator comum: sempre tive dinheiro. Bem; voltemos à primeira história. Eu gostava de um estudante. Minha família proibiu o casamento. Vivi com ele; depois, como sempre nos romances de estudantes, fui abandonada. Dei para beber e fui caindo cada vez mais, até chegar aqui. Você acredita?

– Não.

– Então contarei a segunda história. Eu era rica, como já disse. Essa ainda é mais parecida com a irrealidade do que a outra. É ainda mais besta e mais curta. Eu me apaixonei pelo meu pai, a ponto de loucura. Então fomos nos separando, separando até aqui. Você acredita nessa?

– Não. E você se zanga se eu não acreditar em nenhuma das suas histórias, não é?

– Claro que não.

Nina fez nova pausa e procurou o cantil:

– Acho que o único homem que realmente me faz falta é você, Marcelo.

Lá fora a noite seguia quieta e só por vezes um cão ladrava amedrontado.

Nina enxugou os lábios na coberta. Diogo sentiu que os seios de Nina estavam adquirindo o hálito do álcool. Aquela mulher não resistia muito. Não era possível. Embebedava-se desde as primeiras horas do dia até os últimos momentos antes do sono.

Remexeu-se, endireitando o travesseiro. Ia contar a terceira história. Nina era fantástica. Não acreditaria nunca que ela contasse os verdadeiros motivos da sua derrocada. Aquele mistério morreria consigo.

Agora se divertia em contar coisas, empregando aquelas expressões de tristeza, molhando os olhos até, e seria capaz de chegar ao máximo das depressões nervosas para teatralizar as coisas que se comprazia em descrever.

– Essa agora, Diogo, é mais comprida e também verdadeira.

As distâncias alcançadas pelas metamorfoses do sono foram arremessadas para longe. Nina encontrava-se mais desperta do que nunca. Sua voz era sutil e desenganada.

– Eu tinha vinte anos. Não, minto: vinte e três. Embarquei para a fazenda do meu avô em Mato Grosso para passar as férias. Eram terras e mais terras se perdendo sem limite aos olhos. Uma injustiça tanta terra pertencer a um só dono. A gente podia viajar dias e dias a cavalo, sem encontrar as fronteiras das propriedades do meu avô. Isso era bom: eu precisava de solidão. Entrei seguidamente em dias de galopadas constantes, cortando os campos e as planícies. Devorei o sol com a pele do meu rosto, iluminei a paisagem com a mocidade do meu corpo, assim como o meu sorriso se juntava aos cantos dos passarinhos.

Nina fez uma parada para comentar entre gamas de deboche:

– Você viu, Diogo? Você viu como estou hoje formidável para contar histórias? Diogo sorriu.

– Continue. Estou gostando.

Ela pensou, procurando talvez um jeito de encurtar a história, ou mesmo de arranjar uma sequência lógica para os seus devaneios românticos.

– Aí, aconteceu uma coisa. Parece absurdo, mas encontrei um homem lindo, chamado Lúcio, que se escondia nas terras do meu avô. Esse homem era moreno, tinha os olhos verdes e um sorriso de lágrimas. Lúcio era filho do capataz da fazenda e vivia num lugar isolado onde ninguém se atrevia a ir. Sabe por quê?

Como Diogo não respondesse, Nina continuou:

– Simplesmente porque ele era leproso. Tinha fugido do sanatório de Cocais. Ele pensava que não tinha cura e fugiu de volta para a fazenda do meu avô, vivendo escondido no meio do mato. As mulheres são bestas mesmo, Diogo. Eu me apaixonei por Lúcio e voltei para a cidade. Lá estudei tudo o que se referia à lepra e soube que as experiências realizadas com um produto que hoje todo o mundo conhece, o Promin, e também as Sulfonas estavam realizando a cura da lepra. Nesse tempo, quem tinha dinheiro fazia contrabando do remédio. Quem possuía um parente ou um ser amado gastava fortuna no contrabando da droga. Eu era rica e estava apaixonada. Meti-me na leva dos que adquiriam a droga a preço de ouro.

Nina parecia transportada para um mundo real, aquele mundo escondido na maioria das vezes por seus olhos turvos de bebida e melancolia. De vez em quando ela parava como que arrependida de ter começado aquela história ou com dificuldade de omitir detalhes.

– Sintetizando, convenci Lúcio de que devia voltar ao sanatório e garanti que tinha os remédios, que a cura estava se realizando, e tantas outras dificuldades que apareciam, procurava contornar. Ele foi. Passou dois anos e pouco em tratamento e agora está bom. Consegui todos os exames negativos exigidos. Mas ele não gostava de mim. No sanatório, arranjou uma mulher também em caminhos da cura.

Olhou Diogo meio desesperada:

– Sabe o que isso significa? Que perdera a parada, que ele jamais seria meu. Por mais que eu ardesse de paixão, não poderia desmembrar a realidade. Então...

Nina deixara escapar aquele então de uma maneira comprida e sem esperanças.

– Então... fui rodando pela vida. Bela vida: odiando ter amado, procurando desgraçar-me o máximo, sentindo prazer nisso tudo. Caminhei pela vida fácil, a vida do álcool, a vida do corpo, a vida do sexo, a vida da noite, as horas de insônia...

Sem saber o que dizer, Diogo perguntou apenas:

– E ele saiu, Nina?

– Vai sair, Diogo. Vai sair com outra. Agora não se admira você de que eu seja isso? Que tenha vindo para cá porque julguei encontrar aqui o buraco mais distante da terra, mais pobre e abandonado, a esperança mais perdida de resistir à vida.

Nina desatou em convulsões de pranto. Todo o seu ser se desatava em lágrimas, os seios entrechocando-se pelos soluços. Levantou-se cambaleando e dirigiu-se à cozinha, apoiando-se nas paredes.

Diogo, atordoado, não sabia o que fazer. Esperou alguns momentos, na indecisão de socorrer a mulher ou deixá-la entregue ao seu grande delírio de embriaguez e pranto... Ouvia o choro de Nina diminuindo de intensidade, morrendo no comum. Foi até a sala, apanhou o lampião e veio se dirigindo para a cozinha. Nina estava nua, sentada na cadeira, com a cabeça e os braços jogados sobre a mesa. A baba lhe escorria dos lábios e inundava a madeira tosca.

Chamou-a devagar, docemente:

– Nina. Nina...

Ela o fitou nos olhos e tinha agora um sorriso tão triste como se tivesse adquirido a melancolia do mar amarelo da baía.

– Eu menti, Diogo, eu menti para você. Nunca houve ninguém em cada uma dessas histórias. Ninguém, somente a solidão. Eu sou uma desgraçada apenas, uma fêmea relaxada.

Sou porque sou. Ninguém pode ser culpado das minhas taras. Elas vieram comigo. Vieram comigo...
– Vamos para o quarto...
Nina apoiou-se em Diogo e caminhou quase que levada, com os olhos fechados, procurando a paz no mistério das noites...

CAPÍTULO SEXTO

Era a coisa mais triste do mundo: a noite de lua cheia iluminando o mar parado, as árvores sem vento, a praia se transformando em branco, as casas da baía apagadas pela desnecessariedade das luzes de querosene, os cães uivando na distância.

Pio encostado no terraço, onde também o cão dormia. Diogo, sentado na preguiçosa, perdia-se no parado da lua, no parado das coisas. Por dentro, o pensamento incansável subia e descia escadas de pedras vivas. Era a coisa mais triste do mundo: a noite de lua cheia dormindo no mar parado.

•••

Os homens eram cobras silenciosas se arrastando como as sombras nas areias. Iam e vinham, suando na mudez dos mesmos movimentos, carregando e descarregando os botes que iriam transportar as bananas para a costa. E todos os dias eram assim.

Uma vez por semana chegava a carne na ilha. Os homens que a traziam não contavam histórias, não transmitiam boatos sobre qualquer coisa. Não contavam além do desinteresse do nada...

Três horas. A restinga se devorando pelo próprio calor. O mato se contorcendo de amarelo. O suor ensalguecendo os olhos.

Nina falou:

– Vamos.

E saiu caminhando pela areia. Sua saia desbotada ondulava com o movimento dos quadris. E esses movimentos eram maiores por causa do desequilíbrio da bebida.

Diogo acompanhou-a com a vista, antes de decidir-se a alcançá-la. Era linda a figura da mulher, queimada, com os longos cabelos loiros e embaraçados escorrendo pelas costas. O cantil balançava, ora se dirigindo para o ventre, ora se desencaminhando para as nádegas.

Principiou a caminhar rapidamente até se aproximar da moça. Andavam em silêncio. Passaram pelo porto. Os homens trabalhando não levantavam a vista para vê-los.

Mas eles sabiam que, quando tivessem se distanciado, olhares famintos de ódio os devorariam. Nos cérebros, pequenos pensamentos se traduziriam em chicotadas: ele, Diogo, o cão de caça, o homem que viera para matar. Ela, Nina, "a estranja desgraçada" que atraía maldição para o lugar, que afugentava os peixes das redes, que atrofiava as plantações nos bananais.

E Nina indiferente caminhava a seu lado. Somente de vez em quando os seus olhos amargurados se despregavam da distância para olhar a sua sombra deslizando na areia, ou, então, as mãos pendidas se elevavam para afastar os cabelos escorrendo pela testa suada.

– Jesus, que calor! Só mesmo bebendo...

Destampou o cantil e sorveu devagar. Nem mesmo olhou para Diogo oferecendo: sabia que ele não aceitava.

Ao passarem defronte do botequim de Guarabira, Nina não viu, mas Diogo avistou o doutor. Sentado, impecavelmente branco, branco nos menores gestos; branco, sorrindo, meneando a cabeça em resposta ao cumprimento do rapaz.

Suas mãos sustinham uma ventarola em movimento e os olhos maliciosos examinavam os dois.

Notou que o doutor falava qualquer coisa para Guarabira, recostado por dentro do balcão. Não precisava ouvir o que fora dito, mas adivinhava: "Dois idiotas que se encontraram num momento oportuno. Eles estão se completando". Garantia, até mais, que o médico deveria ter acrescentado: "Ou ele está bebendo como o outro, ou não custa a cair no vício".

Nojento era aquele homem. Imundo em toda aquela perfeição de limpeza. Sujo no rosto bem barbeado. Porco se envolvendo naquelas vestes de brancura.

Sem querer, um mal-estar se avolumava em Diogo. Ele deixara o médico rindo ao longe e passava a se examinar.

– Mas como chegara a tanto e tão rapidamente? Suas mangas arregaçadas estavam marcadas pelo sujo. Não era possível a ser humano algum conservar-se limpo num ambiente daquele. O doutor era uma exceção, uma coisa diabólica.

Diogo cheirou-se e viu que a camisa mal lavada, impregnada de suores ininterruptos, não cheirava bem. E ele tinha jurado que nunca se trajaria inferior ao doutor. Mas como? Uma camisa ali levava apenas horas para atingir o estado presente da que usava agora. Suspendeu a mão até a barba e sentiu-a arranhando contra os dedos.

De noite ensaboaria a face e rasparia os pelos. Aquilo só poderia ser executado à noite. O calor ardia a pele, ressecava os pelos. De noite, quando fosse de noite...

Não obstante, relembrou o doutor sorrindo há pouco, com a roupa impecável e o rosto luzindo escanhoado... Nojento aquele homem.

Nina estava falando e ele não prestara atenção.
– Estou falando, Diogo!...
– Desculpe-me. Quer repetir de novo?
– Eu perguntava se sabia aonde íamos.
– Ao solar de Chico Rita?
– Não.
– Na parte do vento?
– Também não. Vou levar você ao riacho. O banho é uma delícia e a água, fresca como a de um poço...
– Mas dizem que lá tem cobras?
– Tem, sim, mas eu nunca vi uma só. E, mesmo, estou imunizada pelo álcool.
– E eu?
– Você? Ora, você, defenda-se como puder...
Estavam longe. As últimas casas iam sendo atravessadas. Um homem fazia rede, sustentando o rolo de fios entre os dedos dos pés, sentado na praia. Uma mulher, de cócoras, enchia pedaços de bambu de resina fervendo. Estavam preparando a pesca do aratu, que se seguia a cada passagem da lua cheia. Nem um nem outro levantou a vista para observar o casal que passava. Também Diogo e Nina não tentaram cumprimentá-los, porque era mais fácil o mar responder em seu silêncio do que aqueles seres marcados de ódio.

Nina foi-se afastando da praia e tomou a direção do mato amarelado. Entrou num caminho recortado entre a vegetação e se foi sumindo como se completasse a paisagem seca com os seus cabelos dourados. Diogo acompanhava a mulher, e iam penetrando numa catinga de mato baixo.
– Está ouvindo, Diogo?
– Não.
– Preste atenção que você ouve: a água murmurando baixinho, correndo. Eu ouço de longe.
– Ainda não dá para ouvir.
Caminharam mais um pouco.

– Agora ouço, Nina.

A água deslizando falava em murmúrios, escorrendo por sobre a areia.

– Estamos chegando.

Ali, as árvores tinham um tom mais suave de verde. A água protegia a vegetação da inclemência do sem vento da praia. O barro do caminho ia se transformando em areia desligada, e era gostoso colocar o pé na terra que começava a se umedecer... Súbito, Diogo estacou espantado.

– O que foi?

– Olhe.

Marcas de cascos se espalhavam na areia.

– É o cavalo. Você nunca viu o cavalo dourado?

Ele fez que sim. Em seu pensamento voltava a ver o cavalo como da primeira vez, chicoteando as areias, riscando os espaços com as crinas. E a fala do doutor comentando: "Ele pode morrer onde quiser..."

As patas que marcavam as areias, em todas as direções, sem um rumo definitivo, encheram a alma do rapaz de esmagadora melancolia...

•••

Deixou as vestes caídas sobre o capim da margem e foi penetrando aos poucos na água fria e cristalina que corria por sobre os seixos e refletia o alvor das areias. Mergulhou os grandes cabelos loiros e retirou-os da água, compridos e escorrendo, desmanchado daqueles costumeiros cachos selvagens. Nina levantou-se e a água lhe escorria por todo o corpo, formando gotas esparsas entre os seios. Sacudiu a cabeça, espanando a água dos cabelos e libertando os fios unidos pelo molhado.

– Que gostosa está a água. Você não vem, Diogo?

Diogo começou a se despir.

Suas pernas fortes penetraram também na água corrente.
– Você tinha razão, Nina. Que maravilha!
E encostava a boca bem rente à água e soprava borbotões com a língua.
– Que bonito você fica assim nu, dentro d'água.
– E as cobras?
– Ficou com medo delas?
Diogo olhou o lugar em volta. Tinha a impressão de que muitos répteis se escondiam pela folhagem, circundando o córrego. Parecia ser observado por mil olhos invisíveis...
Nina que o observava comentou:
– Eu sei o que você está pensando. Quando vim aqui pela primeira vez, também espiei para todos os lados, receosa. Depois, com o vir de todas as vezes, e nada acontecendo, perdi o medo. Claro que poderá haver um bicho qualquer perdido por aí. Mas isso se encontra em qualquer canto.
Diogo afundou-se de novo na torrente. Em volta tudo era silêncio, somente a água viva, a água invadindo toda a intimidade dos dois corpos, refrescando a pele martirizada pelo calor constante da baía.
– Não parece que estamos num mundo diferente, Nina?
– Parece. Você sabe o que eu imagino quando entro nessa água? Uma coisa absurda. Eu penso que sou uma rosa, que cada bico dos meus seios é um botão desabrochado, que todo o meu corpo é caule e pétalas. Bobagem, não?
– Não. Isso ajuda a gente a sonhar, a esquecer tudo. A esquecer que estamos na ilha, que você é você e que eu sou eu. Dá uma certa leveza e satisfação olhar você assim, escorrendo água pela testa, confundindo os cabelos com os marulhos. Nina, como são bonitos os seus cabelos arrastados pela correnteza.
Depois veio vindo o resfriamento dos corpos.
– Está ficando frio. Vamos sair um pouco.

Ela se retirou primeiro. Torcendo os cabelos e jogando-os para trás. Procurou a sombra de uma árvore e, estendendo a saia sobre a areia, reclinou-se contra o tronco. Suas mãos escondiam-se por trás da cabeça, os olhos miúdos pela preguiça achavam-se observando a aproximação do rapaz.

Sentou-se ao lado dela e ficou espiando em silêncio a mulher recostada. A pele alva, mais ainda porque o sol bronzeara o seu rosto e os seus braços, respirava livre. O colo arfava docemente, os bicos dos seios de Nina eram mesmo o que dissera: dois botões desabrochando.

Olhou o ventre da companheira, tão alvo, e as pernas bem feitas. E o corpo molhado se enxugando aos poucos, com o sabor das coisas, com o gosto das frutas novas. E os pelos castanhos entre as pernas formando caracóis molhados...

Estava Nina quase adormecendo, abandonada e simples, talvez sonhando com inexistências. Fora-se dela toda a fantasia trágica das três histórias produzidas pelo álcool. O mundo de um momento era deles, ele, a água e a sombra. O mundo dos nus normais, o mundo dos nus que se admiravam mutuamente, que repousavam de nudez, sem necessidade de sexo e de desejo. O sexo era o repouso; o repouso, o amor; e o amor, o silêncio das coisas esquecidas.

Nina revolveu-se. Abaixou uma perna e suspendeu a outra. Mudava de posição para descansar. Diogo deitou a cabeça sobre os pelos loiros que surgiram finos sob os braços da mulher. Ela alisava-lhe os cabelos úmidos. Falou quase sussurrando:

– Quer me fazer uma coisa, Diogo? Apanhe o cantil, ao lado das roupas, no arbusto.

– Por um beijo.

Ela suspendeu-lhe a cabeça puxando-o pelos cabelos e grudou os lábios contra a boca do rapaz.

– Pronto. Agora vá.

Ele apanhou o objeto recomendado e trouxe para a sombra. Desarrolhou o cantil e apoiou-o sobre os lábios da moça.

– Agora, sim. Passou a sede.

Deitaram-se novamente. Todos os seus gestos eram simples: simples e humanos. Longe estava a restinga mordendo-se de calor; longe os homens vergando sob os cachos de banana-verde. Distante morria a lembrança branca do doutor ou a permanência invisível do Cesário. Só o ruído da água, se remexendo em frente, e o coração vivo de Nina pulsando, arremessando sangue sob a sua cabeça, cantando realizações comuns ao seu ouvido.

O calor e o silêncio, o abandono e as marcas do cavalo dormindo sobre a areia. Um canto vinha se aproximando da água.

– Você ouve, Diogo?

– É um pássaro.

– Nunca tinha ouvido antes. É o sem-fim.

Ficaram escutando, o pássaro gritava ao longe: sem-fim, Sem... fim...

Não dizia nada para ouvir. Impressionante naquele silêncio todo, longe, perdido entre a mata crestada de sol e calor, o pássaro cantava triste: Sem... fim... Sem... fim...

Nina quebrou o encantamento.

– É o pássaro eterno, Diogo.

E realmente, o passarinho, naquele grito angustioso, retirava-os aos poucos do momento irreal e parecia tomar proporções imensas, percorrer distâncias infindáveis.

– Sem-fim... Sem-fim...

Diogo suspirou, mordido de abatimento...

CAPÍTULO SÉTIMO

Pio olhava o patrão penetrando no terraço e o cão acenava-lhe a cauda devagar. Pio sabia de onde ele vinha. O "cão" estivera com a outra, com a estranja bêbada. Bem que ouvira o doutor comentar na venda do Guarabira que aquilo não durava muito, que ele ia seguir o mesmo caminho do outro delegado. Ser delegado trazia maldição sobre a cabeça. Tudo na ilha era maldição e praga. Maldição era a estranja desgraçada e bêbada que atraía desgraça sobre os homens, sobre a ilha. Não era à toa que a pesca tinha diminuído. A mãe de Cesário garantia que os bananais se atrofiavam, que os peixes fugiam das águas, que as febres aumentavam por causa da mulher e que viria ainda coisa pior. Enquanto aquela bêbada, que vivia no pecado, ofendendo a cólera de Deus, não desaparecesse dali, tudo haveria de piorar. A mãe de Cesário garantira também que, se ela continuasse naquelas bandas, choveriam torrentes de enxofre, o mar invadiria a terra ou uma queda de estrelas esmagaria todos os vivos... Pio trincou os dentes com ódio. Os cães...

Diogo passou pelo criado sem nada dizer. Adivinhava que a ira dos habitantes da baía tinha aumentado desde que foram vistos juntos. Era como os olhos invisíveis das cobras, que existiam, mas só em devido momento atacavam. Não se impressionava muito com o que falassem a seu respeito.

O calor vinha chegando com mais força, a hora do marasmo. Procurou a preguiçosa e veio, com um abano, pôr-se mais a fresco sob as sombras das amendoeiras. Todas as tardes fazia aquilo. Mas não pôde descansar como pensava, porque Nina apareceu como sempre, já embriagada e ondulando na areia da praia.

Entrou na sua casa e puxou-o pelo braço.

– Vamos banhar. Mas dessa vez é no mar. Vamos até à praia das Conchas...

– Onde é isso?

– Lá para os lados do solar de Chico Rita. O mar é morno que dá vontade da gente não sair mais.

Diogo colocou um chapéu de palha trançado de fibra e saiu acompanhando Nina. O porto continuava com aquele pequeno movimento costumeiro, os homens guardando os mesmos olhares de acusação. Iam caminhando rente ao bordado do mar, e nessa parte a areia adquiria uma tonalidade amarelada e baça como se fosse uma grande gengiva descolorida. Sargaços morriam contra a praia, e restos de folhas de bananeiras se estendiam queimadas como cabeleiras esparsas. Eles mergulhavam os pés na água e por vezes chutavam bananas-verdes, inchadas pelo sal, abandonadas dos cachos.

– Eu tenho a impressão de que não deveríamos ir para muito longe.

– Por que, Diogo?

– O ar está mais pesado como se anunciasse tempestade.

– Bobagens. O tempo está firme. Você vai ver: não se arrependerá.

Caminharam mais um pouco em silêncio. Ao longe, as penedias iam se delineando. Passaram defronte à casa de Nina.

Diogo olhou-a pensativo. Não poderia nunca dizer... Olhou a mulher ao seu lado, presa constante do cantil. Desviou a vista para a casa se escondendo fria por entre a cerca de amoras... Não poderia dizer nunca "Nina, essa é nossa casa".

Não obstante, dormia sempre ali, repartia a sombra do mesmo teto, a metade da mesma cama e se alimentava sozinho do corpo da mulher...

– Olhe, Diogo.

E apontava o dedo esguio e bem feito, como se nesse gesto tentasse desviar o pensamento do rapaz das coisas que não deveria remoer.

– Olhe lá. Os homens estão pescando.

As canoas tinham sido arrastadas para a praia. A rede, lançada ao mar, era dividida por grupos em dois. Seis homens sustentavam cada braço de corda. E eles vinham andando de costas, forçando em relevos os músculos nodosos das nádegas e das coxas.

Os homens pescavam completamente nus. Os corpos recém-saídos da água ainda escorriam gotas iluminadas. Eles caminhavam de costas até certa marca, enrolavam a corda e voltavam a intrometer-se no mar, para repetir a mesma ação.

– Vamos espiar a chegada da rede?

– Não é aconselhável.

Lembrava-se de que Nina era acusada de todos os azares da ilha. Mas como conter uma mulher embriagada? Maldade seria impedir uma mulher como aquela, torturada por milhares de recordações, de assistir a um espetáculo primitivo tão cheio de poesia para os olhos. E ainda quando ela lhe dizia quase a implorar:

– Vamos, Diogo. É tão lindo a rede fervilhando de peixes prateados, peixinhos se revoltando em milhares de movimentos brilhantes e desesperados. Vamos, Diogo.

E puxava-o suavemente como uma criança levada.

– Está bem. Mas não nos aproximemos muito.
Foram-se chegando. Os homens iam e vinham sobre a praia. As sombras se cruzavam rapidamente. A corda escorria entre as mãos calejadas e a sua sombra deslizava fina sobre a areia manchada pelas últimas ondas mortas. Quanto mais se aproximava a rede, mais ligeiro caminhavam os homens. Todos num só ritmo. Os urus jaziam à espera do resultado da pesca. Os rolos de corda aumentavam mais e mais. A primeira ponta da rede apareceu e os homens se juntaram. Iam fechando as bordas, fechando mais e retirando a rede junta da água.

Os pescadores se apertavam em círculos. Mas a rede vinha parada. Nem um movimento brilhante, nem o luzir de uma escama. Em seu bojo, se desprendiam formações de sargaço e sujo da praia.

Diogo e Nina sentiram uma emoção terrível. Os homens parados, de olhos parados, sobre a rede vazia. Depois, foram-se desvirando aos poucos e encararam duramente os dois.

Diogo notou que os lábios de Nina tinham tomado um aspecto de livor e tremiam continuamente. Puxou a mulher, que parecia ter se petrificado sobre a areia.

– Vamos. Vamos logo, Nina.

E caminharam, sentindo sobre os ombros e sobre as cabeças as maldições em silêncio. Nina, naquele estado de semi-inconsciência, sofria e não desfitava os dedos dos pés tentando se equilibrar no rente da maré. Olhou Diogo aflitivamente, e ele pôde notar que seus olhos estavam umedecidos.

Ela levou a mão aos quadris e procurou o cantil. Nina tinha sede. Nina tinha sede...

•••

As pedras das penedias se coloriam agora de marrom-escuro e de roxo. E vinha um mar bravo, selvagem, um mar empurrado do outro lado, onde havia vento, e se arrebentava estúpido, bramindo, criando cortinas de espuma. E as espumas perdiam-se inúteis, se confundindo no espaço ou borrifando as pedras mais altas.

O canto do mar existia. O canto do mar existia para os dois e vinha se confundir revolto no medo de cada íntimo. Só então Nina quebrou o silêncio que mantivera desde a praia da Pesca:

– Atravessando esse pedaço de costão, do outro lado está a praia das Conchas. Lá não existe areia, somente conchas aos milhares, se reunindo, ora inteiras, ora gastas, ora esmigalhadas. Um amontoado de destroços em conchas.

– O cemitério das conchas, então?

– Talvez...

Nina tinha uma tristeza comovente na voz. E não se justificava, não pedia acolhimento nem carinho. Ela era ela mesma se bastando dentro da sua autodestruição, se consumindo desinteressada no seu próprio eu.

– Eu sempre venho me banhar por aqui. Venho banhar-me só e nua para escandalizar a virgem.

– Que história de virgem é essa, Nina?

– A virgem, a Santinha, como chamam os moradores da ilha. A irmã que toma conta do solar de Chico Rita.

– Que infantilidade, Nina.

– Eu também acho. Mas sinto prazer nisso, de poder mostrar o meu corpo nu, inteiramente perdido, em saber que os olhos da irmã me perscrutam e que ela me vê embriagada, cambaleando entre as pedras, que seus olhos, que só compreendem a vida através da santificação da virgindade sublimada, me devoram piedosos e se consternam a cada trago de bebida que ingiro em grandes gestos...

– Por que todo esse ódio, Nina?

– É uma coisa que você não compreende, um desprezo comum nas mulheres como eu, que se tornam assim como sou porque querem, por capacidade de prostituição. Mas a virgem do Solar não é das piores, não, Diogo. As outras virgens, sim, que existem aos milhares. As cabaçudas que não amam, que se conservam por força do hábito, por constância do ambiente, por medo de sofrer por amor, que pensam que, por não saberem amar, estão mais próximas de Deus que dos preconceitos. Tudo na vida é amor, Diogo. Não fui feliz com o meu, confesso que sim. Reconheço o fracasso de que não fui culpada, mas essas virgens, morrendo de celibatarismo empedernido, essas virgens, apodrecendo de recalque, apaixonadas por elas mesmas, reclusas no corpo imperfeito que míngua com os dias e com as passagens das luas, que parem incestos inconscientemente, que fazem da virtude uma monstruosidade... essas, Diogo, eu as detesto.

– Mas dizem que a irmãzinha é boa, simples...

– Talvez, talvez... Pelo menos essa ama. Um Deus, um Cristo invisível. Pelo menos essa ama.

Tinham atravessado o pedaço do costão: a praia das Conchas se apresentava numa profusão de cores e iluminações rosadas. Pelo caminho aberto na encosta, onde se elevavam as ruínas de Chico Rita, um vulto caminhava. Diogo e Nina estacaram esperando.

– É ela.

A irmã aproximava-se rapidamente. As sandálias de couro deslizavam firmes sobre o caminho pedregoso. Aproximou-se ofegante. Cumprimentou sorrindo com a fala excitada pelo cansaço.

– Precisamos correr. Se quiserem, é melhor se abrigarem lá no Solar. O Sudoeste vem terrível.

Só então Diogo percebeu que um vento morno se transmitia pelos cabelos de Nina, torcendo-lhe as pontas em cachos ondulantes e dourados.

Desviaram-se desorientados para o lado do mar. O céu se enegrecia e todo o mar parecia crescer para o lado da baía.

Já ao longe se ouvia o fragor de vento rebentando na restinga. Não havia outra saída, tinha que correr até chegar ao solar de Chico Rita, em ruínas.

Em casa de Diogo, só e abandonada, a flor de pano tinha tomado uma coloração rósea em todas as pétalas: mau tempo...

Segunda Parte

OS LIBERTOS

CAPÍTULO PRIMEIRO

E as gotas estalaram grossas por sobre os corpos, por sobre toda a penedia.

O mar rebentou num gemido maior e continuou, aumentando de dor, aumentando de dor. As pedras se tornavam cor de ferrugem pelo molhado da água caindo em bátegas. O vento empurrava os três vultos numa brutalidade inconsciente, como se desejasse arremessá-los, esmigalhá-los contra as arestas do solo.

Diogo arrastava Nina. Mas vendo que a mulher, embriagada como estava, poderia ser arrancada das suas mãos, tomou-a sobre os ombros e carregou-a num esforço de salvação. O vento rodava aos seus ouvidos, chicoteava com os cabelos de Nina os seus braços, e, por vezes, o seu rosto. A chuva inundava tudo. Quase não podia divisar o vulto da irmã adiantando-se com dificuldade pela encosta de barro e pedra.

Vieram aparecendo então as primeiras ruínas da muralha de pedra. Eles foram se cosendo rente ao abrigo do muro, escondendo-se do vento. Alcançaram um pátio calçado de lajes e coalhado de poças d'água. Por todos os lados, grandes paredões de pedras gastas cercavam o ambiente. Uma coluna partida, onde se via ainda uma grande argola enferrujada, resistia ao embate do tempo. Era o pelourinho.

A porta do solar, de madeira pesada, entreaberta, batia com grandes estrondos, sacudida pelo vento. Transpuseram o compartimento. Diogo ouvia o respirar forte da irmã, cansada pela fadiga. Mas ela teve forças de fechar a porta, colocar a pesada tranca e recostar-se quase desmaiando de cansaço.

Depôs a mulher no chão e ficou sustentando-a com um braço em volta de seu pescoço. Foi então que surgiu a reação do perigo passado, um desânimo aniquilante apossando-se do rapaz.

Já refeita da caminhada, a irmã falou para Diogo:

– Traga a moça para essa sala. Vamos colocá-la perto dessa velha lareira. Vou fazer fogo para secar as vestes.

Entrou num quarto, volveu com uma toalha grosseira de saco de farinha e começou a enxugar os cabelos de Nina. Depois cedeu esse mister ao rapaz, ajoelhou-se junto à lareira e juntou às achas um pouco de querosene. Pouco mais a luz do fogo se refletia nas feições próximas.

Durante toda a ação, a irmã estivera ajoelhada, ajudando, facilitando a propagação do fogo. Levantou-se, passou as mãos sobre a testa e retirou o pano que lhe cobria a cabeça. Seus cabelos eram ruivos e se prendiam simples num coque na nuca.

Sorriu aliviada e falou numa pronúncia onde se distinguia a origem alemã:

– Jesus, que temporal...

Pobre irmã. Ela estava empregando o mesmo Jesus usado por Nina em suas manhãs de ressaca. Mas Diogo não deixou de ficar enternecido pela simplicidade da irmã.

– Precisamos retirar as vestes molhadas da moça. Não tenho muita roupa, mas poderemos envolvê-la com cobertas até que sequem.

Tornou a entrar no quarto para depois retornar com uns lençóis também de natureza grosseira. Ajudou a despir a mulher e enrolá-la nas cobertas. Trouxe uma cadeira de braços e colocou-a junto ao fogo. Nina estava reclinada sobre o espaldar com os olhos ainda fechados.

A irmã olhou para Diogo, traduzindo num sorriso triste o seu desapontamento.

— Para o senhor nada tenho.

— Obrigado, irmã. Ficarei junto ao fogo. O que a senhora fez já é muito.

— Trarei um trago de bebida para reanimar a moça.

— Isso seria bom, irmã.

Tornou a entrar para o interior da casa e Diogo ouviu a porta de um armário que rangia.

Bem que ele falara para Nina para que não se afastasse. Não fora à toa que notara o ar mais pesado e irrespirável. Mas agora o que estava feito, feito estava.

O Sudoeste rugia pelas frestas, pelos gumes das ruínas. Diogo arrepiou-se. Talvez as sirenes estivessem soando pelo presídio, os cães de caça fuçassem os pantanais. E um desgraçado, lutando contra o vento, a chuva e os tiros distribuídos a esmo, procurasse o caminho da salvação.

O mar estrondecia contra os rochedos dilacerando-se em uivos. E naquele mar bravio o homem iria procurar a salvação. E a vida? E viver para quê? Viver era desperdício de tempo inútil...

Mas a irmã retornou e sua presença calma espanou para o esquecimento todas as ideias com sabor de fel. Encostou o cálice aos lábios da mulher e friccionou-lhe os pulsos.

Nina entreabriu os olhos e foi espiando espantada tudo que a cercava. Provavelmente nem se lembraria do que acontecera. Seus olhos se cravaram na irmã e uma chispa de recordação provou o contrário do que pensara o moço.

Depois, suas mãos, fracamente, procuraram aconchego entre os dedos de Diogo. Sua voz sumida murmurou espaçada:
– Diogo...
– Estamos aqui, Nina. Estamos no solar de Chico Rita. A irmã nos deu pousada...
Só então Diogo notou que a irmã não retirara de si as vestes coladas pela água.
– Irmã, a senhora precisa se trocar.
– Está bem, irei agora – e procurou a direção do seu cômodo.

•••

Agora era bem noite, e não a tarde que se fizera negra de escuridão.
O lampião estava aceso; todo ambiente transpirava pobreza e calma. Nina melhorara e as vestes de Diogo secaram-se ao calor do fogo.
A irmã preparava um chá, com pedaços de pão velho torrado. Servira a ambos e também se servira. Não se desculpava do humilde acolhimento. Ela sabia que ninguém ignorava a vida do solar e que nada havia de extraordinário abrigado entre as únicas paredes em pé e ligadas das ruínas. Sentou-se. Retirou o avental e colocou-o sobre o braço do velho sofá.
O vento cantava tristezas, lá fora toda a noite era estrangulada pelo mar e seus bramidos.
Suas mãos grandes se cruzaram no regaço. Procurava destruir o silêncio dos hóspedes:
– Eu não disse como me chamava ainda, não?
– Ainda não, irmã. Gostaríamos de saber – falou Diogo.
– Eu tenho um grande pecado. Sou vaidosa do meu nome. Meu nome de hábito é Flora. Irmã Flora. Não é bonito?
– Muito, irmã.

Que nome! Interiormente, Diogo repetia o nome: Flora. Uma noite de sinos. E de fato a irmã era aquilo mesmo. Aquela alegria sempre presente que dava a impressão de nunca mudar. Ali ele não via a virgem terrível, como Nina descrevera, e sim uma mulher bonita, de meia-idade, certa de seus gestos, com os olhos extravasando bondade. Não era serviçal nem invejosa, porém revestia-se nos menores gestos de uma humanidade irradiante. Irmã Flora.

– O seu nome parece um canto, irmã.

– E é mesmo. Eu vivo cantando: canto para as flores, para o mar, para as estrelas, para o vento, para tudo.

Depois, lembrando-se de qualquer coisa, dirigiu-se para Nina.

– Eu já a conhecia. Sempre a vejo quando vem se banhar na praia das Conchas. Não imagina como achava bonito o seu corpo vestido por esses longos cabelos loiros, saindo livres da água. Tinha a impressão de estar vendo uma figura lendária fugindo de uma Saga... Muitas vezes acompanhava o seu banho. Somente ficava receosa quando se afastava um pouco da praia, pois os peixes são perigosos.

Ela riu naqueles dentes brancos, enrugando o canto dos olhos claros.

– Sabe de uma coisa? Todas as madrugadas, antes que morram as últimas estrelas, eu vou me banhar também na praia das Conchas.

Nina estava calada. Seus olhos se possuíam de distância e desassossego. Na certa estava vendo que se enganara a respeito da irmã. Nina era suficientemente inteligente para ver que aquela irmã não se julgava uma santa e sim um ser humano dotado de todos os sentimentos como qualquer outro.

Quebrou o seu silêncio.

– Diogo, perdi o meu cantil...

– Quando a chuva passar, nós o procuraremos, Nina. A irmã apanhou uma cestinha de costura e aproximou o lampião mais para o ângulo da mesa, de maneira que a luz chegasse mais facilmente ao divã.

Diogo perguntou à irmã, subitamente:

– A senhora não acha que eu deveria ir-me?

– Com essa noite? O senhor está louco. Ninguém consegue atravessar o costão com o mar arruinado como está.

– Mas eu tenho que ir. Preciso ir. E se foge um preso na minha ausência?... Eu não poderei dar busca...

Flora levantou os olhos súplices para ele. No seu íntimo, uma pena imensa a devorava. Não ignorava nada sobre os delegados da ilha. Não os condenava, porque o destino dos homens é feito de inconsequências. As missões da vida se tornavam espinhosas porque os mesmos homens trabalhavam mais para isso, mas doía o coração pensar num homem fugindo da imundície de uma cela, fugindo de tudo, da humilhação, da febre, da distância... depois o escorraçamento pelo lodo sujo... e as feras... os cães no encalço... e talvez encontrasse a liberdade... a liberdade... ora, que era a liberdade? Uma canoa na incerteza do mar alto ou uma bala de fuzil por entre as costas?

– Não adianta. O senhor não passará. Espero que esse temporal acabe com a madrugada, pois eles, quando vêm rápidos assim, demoram pouco. O senhor não poderá ir. Seria uma imprudência.

Nina pareceu sentir medo de ficar só no solar de Chico Rita. Não era medo da irmã. Flora não amedrontava ninguém. Era o medo dela mesma, o medo de sentir remorsos ou estar em lucidez completa para pesquisar sozinha o próprio abandono, de descobrir-se chorando por ela mesma, gemendo pelo não ser...

– Não, Diogo, você não poderá ir. A irmã conhece isso melhor do que nós. Ela vive há muitos anos por aqui.

Ele assentiu desanimado, preso ao que viesse, inerme e pequeno.

Flora estalou os dedos.
— Jesus, nem me lembrava.
E largando a costura chegou-se até à porta da cozinha. Sua voz musical chamava:
— Sozinho... Sozinho...
Um miado preguiçoso veio do interior do seu quarto.
— Ah, preguiçoso, que susto me deste.
Depois explicou para os dois:
— É o meu gato. Pensei que ele estivesse fora com um temporal desses... Ele está dormindo lá dentro. Uff! Que susto!
— A senhora chamou-o como?
— Sozinho. É um nome tão lindo, uma homenagem aos sós, uma homenagem principalmente a Deus, à solidão de Deus. Não existe quem mais viva em solidão do que Deus... Bem, isso é uma concepção minha...
Aquela mulher era qualquer coisa de sublime. Ainda moça e perdida no meio daquelas pedras.
— A senhora não sente a solidão que a envolve?
— Não, senhor. Não sinto. Eu não vivo em solidão. Não sinto nada. Estou aqui exclusivamente por amor à obediência. Sabe como eu sinto a vida? Quando não canto, as coisas cantam para mim. Tudo tem música: o mar, o céu, as estrelas. Tenho um canteiro de flores, um pedaço de horta. Tenho calma para pensar, refletir, sonhar. Como poderei sentir a solidão tendo tanta coisa?
— Talvez a senhora tenha razão.
— No meu caso, sim. Nós, isto é, a nossa Ordem, ganhou isso. Doaram-nos essas ruínas. Somos uma instituição pobre. E cada uma das irmãs tem que dar o máximo para a continuação da Ordem. Quando nós viemos ver esse ambiente, a irmã provincial quase desanimou, porque precisava colocar mais de uma irmã tomando conta disto. E essas irmãs designadas teriam de ser corajosas ou as ruínas acabariam de devorar o que sobrava do solar. Aqui seria ideal para descanso,

refúgio, retiro, mas chegamos à conclusão de que só se poderia utilizar uma irmã. As outras eram indispensáveis em seus costumeiros afazeres. Escolheram a mim, porque era forte e alegre, porque sabiam que a solidão não poderia muito me afetar. E eu vim. Duas vezes por ano as outras irmãs ou vêm de férias ou de retiro, e isso aqui se enche de alegria, me trazem novidades, contam pequenos mexericos...

Ele riu.

– Pensam que nós, as religiosas, também não temos disso? Pois eu gosto de saber de todas as briguinhas, das encrencas dos outros e até de escândalos sociais... Engraçado, não é? E como as irmãs que aqui vêm me adulam! Trazem presentes, lembranças, santos, doces, tanta coisa... Como poderei sentir a solidão se tenho tanto para me fazer feliz?

Uma suave ternura perpassava agora nos olhos de Nina. Flora era uma criança grande, inocente. Os seus olhos puros aliviavam a alma estrangulada da mulher.

Diogo não sabia se ela falava para distrair os hóspedes ou para descontar o tempo que passava conversando com o seu silêncio. Mas ela falava sempre.

– No começo, quando cheguei aqui, tive um certo medo. As ruínas estavam povoadas de abandono, teias de aranhas, ratos e morcegos. O barulho do mar sobre os rochedos parecia uivo de lobos famintos. Fui me acostumando e já faz cinco anos que aqui moro, nada me acontecendo de ruim. Mas sabem o que me fazia mais medo?

Ela levantou os olhos grandes e límpidos da costura. Nina e Diogo estavam interessados pela conversa.

– Não era nada do que já disse e sim de pensar nos que vieram por este solar. Cada canto era marcado de pés invisíveis que por aqui viveram. A casa estava cheia de mistério e de solidão. Quando a noite era de lua, as ruínas se clareavam em seus menores pedaços destruídos, o pelourinho partido se rodeava de sombras negras, e eu revia a grandiosidade de um passado morto. Gente gemendo sob os açoites, passos recurvados sob os feixes de cana cortada, as canções de misérias entoadas por peitos escravos... O solar de Chico Rita cheio de lendas e de maldades, repleto de gritos sufocados e de dores, revivia no meu medo...

Diogo perguntou, aproveitando uma parada da irmã:

– E quem foi Chico Rita, irmã?

– Ninguém sabe. O pouco que se diz foi colhido nas canções que passam de pais para filhos. Naturalmente um senhor de engenho, vil e impiedoso, tratando os escravos com arrogância e chibata. Uns dizem que foi dos primeiros colonos a se refugiar no primeiro Brasil. Outros dizem-no um forasteiro do ouro, enriquecido nas catas à custa de roubos... E pensar-se que essas terras foram grandes canaviais, que esse solo foi pisado por tantos pés exilados, que as sinhás espiavam os mares com os olhos molhados, com saudade das cortes, e que o tempo reduziu tudo isso ao nada, à desimportância de tudo...

Dessa vez foi Nina quem se interessou pela conversa a ponto de interromper a narração:

– E por que desapareceu tudo isso?

– Contam que os escravos fugiam, preferindo o mar ao trabalho sob o sol cáustico, nos canaviais. Há também uma versão de que a febre dizimava tudo, que o próprio Chico Rita sucumbiu aos ataques da febre.

Flora suspirou.

– E pensar-se que tanta vida desapareceu. Esses eram os meus receios, quando fiquei sozinha entre essas quatro paredes, o lampião, a noite e o mar ressuscitando fantasmas. Depois fui me acostumando. Procurei restos daquele passado nas intimidades das ruínas, tentando descobrir o vivo do morto, e nada consegui além do que se cantava nas canções. Há entalhações nas madeiras, nomes gravados nas pedras que o tempo apaga lentamente. Gente que existiu e que ninguém sabe, vivendo dos últimos momentos das mensagens que se consomem...

Flora calou-se e prestou atenção na costura sobre o colo. Nina observava todos os pequenos movimentos daqueles dedos longos segurando a agulha. Uma tristeza calma a envolvia na sala. O mar não parara de rebentar e o vento não calara os seus gemidos. Mas ela sentia calma, olhando a virgem, aquela virgem que dava importância a um pedaço de pano barato e que, pelo menos, não chateava com perguntas, nem enchia os diálogos com sobejos de Deus...

Nina gostava de ouvir a fala suave, se bem que com entonações estranhas. Flora sabia compreender sem explicar os outros. Era uma grande mulher. Toda dúvida quanto a isso se dissipara do cérebro da moça.

– E a sua vida é sempre essa, irmã Flora?
– Sempre. Minhas horas são calmas. Planto, rego as minhas flores... – riu satisfeita.
– Amanhã eu lhe darei umas flores. Apanho conchas na praia, faço caixinhas, berloques, uma porção de pequenas coisas que se vendem nas feiras. Rezo muito, rezo em tudo que faço. Tudo para mim é uma prece, um canto irradiado...
– E quem lhe fornece os víveres mais necessários?
– Temos uma pequena conta na venda de Guarabira. Araé traz e leva minhas encomendas. Conhece Araé?
– Conheço – respondeu Nina.

Diogo pensou na figura de Araé, o coveiro, que transportava o corpo, no primeiro dia que chegara à ilha.

– Mas eu faço muita economia; por exemplo, nem sempre acendo o lampião: tenho candeia que ilumino com óleo de mamona, que eu mesmo preparo. Outras vezes, quando sinto saudade de alguma coisa com significado em minha vida, acendo uma vela, e a luz da vela sempre acalma os exageros do coração...

Diogo levantou-se e se encostou à janela de vidro, olhando para a noite. O mar estrondecia e o negro se alastrava por todos os cantos. Súbito, pareceu enxergar, dentro das trevas, a luz vermelha de uma lanterna.

Comentou em voz alta para a irmã:

– Tive a impressão de avistar uma luz para aqueles lados.

– É luz mesmo; naquela ponta, mora um homem com a mãe. A mãe é uma senhora cega. Se não me engano, o seu nome é Cesário.

Diogo estremeceu. Fixou a vista devorando as trevas, mas foi inútil. Não conseguiu avistar de novo a luz, nem mesmo durante as outras horas que procurou, encostando-se à janela, enxergar a lanterna vermelha... A cabana de Cesário...

Fixou Nina afundada na cadeira de braços, o rosto iluminado de paz. A luz do lampião, dourando-lhe os cabelos, trazia flocos brilhantes para o seu rosto e os seus olhos de mulher vivida. Entretanto, tudo parecia ter-lhe serenado nas feições. Os lábios sorriam entreabertos e suave doçura se lhe apossara do respirar. Diogo sabia que Nina estava vivendo outros momentos de outro mundo inexistente. Morreram de suas expressões o desejo e o aborrecimento pela falta do álcool. Naquele doce abandono, ela acompanhava a conversa da irmã e os movimentos delineados dos dedos longos que faziam a agulha espetar-se no bordado. Nina se desintegrava e não existia.

Flora estava mais feliz. E por isso falava, falava como se estivesse nos momentos em que cantava ou rezava só.

– Hoje é um dia extraordinário para mim. Poucas vezes me procuram pessoas interessantes. É verdade que deverei uma grande gratidão ao temporal e às fúrias dos elementos.

O mesmo pensamento deveria ter perpassado pela cabeça de Nina e de Diogo. Flora sabia que eles viviam juntos, que se deslocavam na ilha por um código de imoralidades, forçados pelo ambiente.

Mas compreenderia ela que também eles se atiravam naquela loucura abrasante de sexo e desvario pelo inexorável do abandono? Oh, sim, ela saberia; não era possível que ela não soubesse. Pelo seu modo de falar, pela maneira de agir, tudo tão entremeado de humanidade e compreensão, ela não ignoraria nada do que se passasse na ilha.

– Amanhã, passará o Sudoeste e vocês se irão de novo. Talvez voltem aqui ou talvez nunca mais retornem...

– Passará mesmo o Sudoeste, irmã?

– Sim, quase que tenho certeza disso. Quando ele surge violento sem que ninguém espere, ele desaparece pela madrugada, enxotado pelas primeiras estrelas. O mar então ficará tão manso e os ouvidos da gente parecerão ter ensurdecido, tal o silêncio, tal a falta de uivos dos ventos sobre as ruínas. Durante muitas horas, custo a acostumar-me. Amanhã será dia de silga...

– O que é silga, irmã?

– Uma coisa que se faz antes ou depois do Sudoeste. O verdadeiro Sudoeste não vem assim como esse temporal de hoje, ele se anuncia aos poucos. Os dias vão se tornando mais quentes ainda, um vento morno parece irritante, as areias da restinga se elevam em confusão de redemoinhos, as árvores se retorcem e o mar se irrita de banzeiro. Então uma onda de frio se intromete pela baía. O vento continua. Esqueci-me de dizer que o vento quente vem de Noroeste, e que esse outro, frio e bruto, é o Sudoeste se aproximando. Então os homens que foram à pesca retornam mais cedo quando sabem que o vento vem mais rápido. Ou então chegam mesmo à tardinha, apontam as canoas e as vêm puxando pela areia da praia. Caminham por terra e a canoa se arrasta na água, e fica aquela fila comprida de homens e canoas se seguindo. Isso que se chama silga. Mas não fazem silga somente com o Sudoeste. Eles também a usam contra as marés maiores de lua, ou, mesmo, quando o cansaço os aniquila. Amanhã, com receio ainda do temporal, eles não irão muito ao longe e retornarão pelas areias silgando as canoas...

– Deve ser bonito.
– E tem mais. Quando eles fazem a silga ao entardecer, e com o Sudoeste, vêm mais rápidos e não se volvem ao menor ruído, porque senão...
– Senão o quê, irmã?
– Nunca ouviu falar disso?
– Nunca, pode crer.
– Senão eles verão os homens dos pés de loiça...
– Que interessante. E quem são esses homens?
– Assombrações. Uns dizem que almas de pescadores que penam; outros, espíritos de náufragos desgraçados. Têm os corpos, a voz, os olhos, os cabelos iguais aos de qualquer outro homem comum, mas os pés... Ai de quem olhar para os pés!... Os pés são feitos de loiça com brilhos de luz. Quem ouvir o chamado dos homens dos pés de loiça, que não se vire, não se comova e que não olhe para os seus pés. O remédio é fechar os ouvidos, apressar os passos nas areias, rezar o Padre-Nosso e esconjurar o demo...
– E se olhar?
– Se olhar, dizem que fica louco. Teve um velho que morreu, chamado seu Colimério, que perdeu o juízo porque avistou os homens dos pés de loiça... Hoje esse velho sempre é lembrado para confirmar as maldições da lenda...

Flora parou as mãos sobre o bordado, enrolou um novelo de linha que se desfazia e espetou a agulha sobre um acolchoado. Olhou para os dois e sorriu.

– Tanta coisa a humanidade acredita, tanta coisa absurda, e entretanto, nas coisas mais simples, ela vira os ombros, indiferente. Mas amanhã será um novo dia e vocês poderão partir bem cedo. Todo mundo deve sempre partir bem cedo. São partidas com mais luz e com menos tristeza, porque o dia começa a crescer em todas as suas maravilhosas gradações, com milhares de vozes diferentes... Vocês poderão partir bem cedo. Tudo será calmo como ontem...

Ela enrolava o trabalho. Na certa era muito tarde e precisava descansar.

– Pena que só tenha uma cama para a moça. As outras irmãs que vêm para o retiro têm de penitenciar-se e dormir em esteiras. O senhor poderá dormir no sofá; eu sei que é desajeitado, mas uma noite só passa rapidamente.

– Não se incomode, irmã, eu me ajeito. Só lamento termos dado tanto transtorno à senhora.

– Nada disso houve, pois fiquei tão contente por ter uma noite assim cordial. Não se preocupe tanto assim, tudo foi uma alegria para a solidão que o senhor pensa existir ao meu redor...

Ela entrou nos seus aposentos e voltou com uma vela:

– Pode o senhor precisar...

Pegou a mão de Nina e levou-a carinhosamente para o quarto. Nina deixava-se levar, ainda transportada, vivendo os momentos do mundo que não existia.

Diogo ficou só na sala, sentou-se no sofá e ficou espiando o enfraquecer das últimas brasas da lareira.

– A vida, tudo tão simples. Tudo tão simples, e nem valia a pena.

Conservou-se imóvel muito tempo, pensando em coisas mortas, tão mortas como o estertorar do fogo que de vez em quando crepitava para morrer mais. Depois, ergueu-se e se colou à janela, ouvindo o mar perdido lá fora, procurando na noite que escorregava, ligada pelo negrume, uma luz vermelha oscilante. Nada havia lá fora.

Lá fora nada havia. E a madrugada veio encontrá-lo dormindo com a cabeça pendida contra os vidros porejando orvalho...

CAPÍTULO SEGUNDO

Flora vinha ao lado de Nina e Nina trazia nos braços uma braçada de flores silvestres. Diogo caminhava atrás, pensativo. Ninguém falava. A irmã sorvia embriagada o ar da manhã que era nova. Bem que ela dissera que era gostoso partir pela manhã.

A noite morrera como um pesadelo e os tons róseos do sol riscavam o nascente, despreocupado de tudo que acontecera horas antes. O temporal do Sudoeste se fora como viera. Apenas as ruínas se encheram de poças abandonadas refletindo o azul do céu e a idade do tempo encravada nas pedras. Escorregadia se encontrava a encosta e as grandes penedias do costão se iluminavam de sombras molhadas e dispersas.

De nada adiantara o mar ter chicoteado as pedras durante horas de fúria: tudo estava como era e nada mudara.

Chegaram à praia das Conchas. Já agora a manhã se desabrochava toda em cintilações fulgurantes. O dia anunciava que o sol seria tão inclemente como todos os sóis que passaram...

Flora parou, fitou os dois com ternura e murmurou suave:
– Daqui, eu não passo. Aqui é o limite do meu presídio...
Apertou a mão de Diogo e, antes de impedir qualquer movimento da parte de Nina, beijou amigavelmente as faces da mulher.
– Adeus – e enfiou os pés nas conchas mortas, caminhando feliz para as ruínas.
Estranha comoção se passava no rosto de Nina. Recomeçaram a caminhar devagar e em silêncio. Os caminhos estavam umedecidos.

•••

O costão ficou para trás, sumindo-se, engolindo os contornos pela distância. Agora era a praia de novo, o sol começando a invadir o porto. Todas as areias, coladas pela água da noite, iriam se desligar pelo calor.
O mar trouxera uma quantidade enorme de sujeira. Sargaços e espumas amarelentas sufocavam a borda das águas. Árvores tinham tombado aos açoites do Sudoeste e galhos secos e folhas ainda verdes atapetavam o chão. Em tudo denotava a fúria dos elementos desencadeados cegamente.
No porto, os homens procuravam canoas que se soltaram, canoas que se perderam. Outras, viradas, continuavam ancoradas, mas os seus carregamentos boiavam inchados, perdidos no mar em todas as direções, jogados pela praia ou deslizando na vazante. Aquele temporal significava no mínimo dez dias de trabalho inutilizado.
Nas cabanas, outros homens reparavam estragos. E à porta de um rancho, um menino chorava porque o seu cão fora encontrado afogado na praia...
Mas nada disso significava no momento para Diogo. Ele pensava se teria acontecido alguma fuga. Nada até agora

demonstrava isso. Pelo menos Pio viria ao seu encontro para alarmá-lo com a novidade.

– Quanta coisa se perdeu por aqui! – Nina falou.

– Mas são coisas que se refazem depressa Nina, menos importantes do que a morte.

Nina olhou-o fixamente. Ele também desejaria a morte? Mas não indagou; antes, desviou a vista para as areias amarelas e comentou:

– Tão boa a irmãzinha. De noite, ela contou que das poucas vezes que de lá saiu foi para ajudar o doutor em casos de operações, ou...

Nina se arrepiou. Estava voltando ao mesmo assunto:

– Ou o quê?

– Ou para assistir aos moribundos, rezar as últimas preces...

Calou-se.

Chegaram à casa do rapaz. Diogo procurou o empregado, mas a casa estava vazia. O cão no terraço, ainda molhado pela chuva, uivou com a sua aproximação.

– Pobre amigo, aquele desgraçado não protegeu você? Não o colocou dentro de casa?...

Alisou o cão devagar e piedosamente:

– Por que lutar contra tudo, não, meu caro? Nada vale a pena.

Lembrou-se de Nina e viu que ela, parada, ouvia a sua conversa com o animal. Dirigiu-se para o portão.

– Vou levá-la, Nina. Irei até à sua casa.

– Não, Diogo, não é preciso: prefiro ir só...

E saiu andando devagar, calma, diferente da Nina que procurava linhas na praia para que pudesse se equilibrar... O vulto loiro, de cabelos emaranhados, ia silencioso como as areias e caminhava dando a mesma impressão da maré parada da baía...

...

De noite, quando se dirigia para a casa de Nina, uma lanterna elétrica rompeu a escuridão e chocou-se contra o seu vulto. Uma voz gritou-lhe, vindo da venda:

– Seu Diogo, faz favor de vir até aqui! – era Guarabira que o chamava.

Tomou a direção do chamado em pequenas passadas. O que queria o vendeiro àquela hora? Nada de novo acontecera naquele período de horas, nenhum preso fugira com o Sudoeste. As sirenas tinham ficado silenciosas. Mortas e esquecidas permaneceram as águas dos pantanais. Mortas de fuga. Os cães do presídio teriam acrescentado ao uivo desgraçado do vento os seus lamentos nervosos. Mas apenas isso. Nada se realizara, nada acontecera.

A venda estava fechada, mas luzes escapavam pela fresta da porta encostada e pelo vão da janela mal colocada.

Podia perceber o vulto de Guarabira, que se postara à entrada.

– Boa noite, seu Diogo; tem uma pessoa aí dentro que percisa conhecê o senhor.

– Quem é?

– O senhô vai ver.

Afastou-se abrindo a porta. O interior do botequim trazia ao nariz um cheiro misturado de álcool e umidade. O lampião se elevava sobre uma prateleira meio vazia, e num dos cantos mais escuros e abandonados pela força da luz, um homem sentava-se a uma mesa; apoiando um copo de cachaça entre os dedos, sustinha os cotovelos sobre a toalha suja.

Era um negro. A pele lustrosa brilhava mais no nariz chato, recortado por largas aberturas; um bigode comprido caía-lhe em forma mongólica sobre os lábios grossos e no queixo uma barba enroscada formava uma mancha mais escura do que a própria pele. O resto do rosto não possuía barba. Os olhos matreiros eram miúdos. Sobre a cabeça um gorro de pele de cabra deixava uma ponta mal cortada caindo-lhe pelo pescoço forte. Seus ombros eram longos, como fortes eram-lhe os punhos, onde as mãos grandes apertavam ao mesmo tempo o copo de cachaça.

O homem se mantinha em silêncio. Somente o respirar comprido movimentava um breve ensebado que saía pela camisa entreaberta. A seu lado apoiava-se um rifle. Observava, com os olhos parados, o que entrara.

Diogo sentiu um estremecimento desusado no íntimo. Seria Cesário; Cesário, o homem nunca visto? O homem que se isolava invisível na ilha, mas que estava presente, tão presente em todas as coisas, como na água do mar ou na areia da praia?... Seria Cesário? E se fosse, o que quereria?...

Mas Guarabira afastou os seus receios:

– Ele queria lhe ver, seu Diogo: é Dauro.

Ambos se entreolharam mais fortemente. Nenhuma palavra fora dita. Apenas o caçador entreabriu os lábios deixando à mostra um sorriso branco de dentes grandes, e aquele sorriso nada poderia significar, nem amizade nem confiança. Talvez um sintoma de mofa, ou, mesmo, uma demonstração minúscula de simpatia.

Dauro soltou uma das mãos do copo e arrastou uma cadeira da mesa. Indicou ao delegado e falou curtamente:

– Querendo sentar e beber...

– Não, obrigado, estava de passagem e Guarabira me chamou. O senhor deseja alguma coisa?

– Só queria lhe conhecer. Estive rondando por aqui, mode o senhor sabe por quê.

– E agora?

– Agora o quê?

– O perigo passou?

– Dessa vez, sim. Eu vim descansar um pouco antes de voltar ao meu rancho. Eu pedi que Guarabira lhe chamasse mode comparar o senhor ao que o doutor me disse.

— Ele lhe falou a meu respeito? Disse-lhe alguma coisa a meu respeito?... — Os olhos de Diogo se iluminaram. — Disse alguma coisa, Dauro?

O preto riu:

— Não disse nada demais.

Mas Diogo não acreditava, acreditar em quem da baía? Se todos mentiam como todos, se todos eram produtos, misturas da terra ruim? O doutor deveria ter-lhe falado alguma coisa. Não era possível. O doutor falara com Cesário e por trás, traiçoeiramente, talvez motivado, envenenado pelas relações que ele mantinha com Nina, ajudasse a Cesário a movimentar os boatos, as malquerenças pela ilha. Sórdido aquele homem.

— Então ele não disse nada?

— Não. Tem mais: eu sube que o senhor ontem foi vigiar no temporal a cabana de Cesário.

Quando falou no nome de Cesário, cuspiu no chão, passou o pé com gesto de desprezo, mais desprezo do que ódio. A surpresa íntima sorriu em Diogo. Quer dizer que apenas um banho fracassado, um temporal imprevisto, servira de motivos para que se espalhasse pela ilha que ele estava atento, vigiando? Teve vontade de contar a verdade a Dauro, porém se conteve porque ninguém ali era digno de confiança. Nem o caçador, nem Guarabira, que se mantinha perto, de braços cruzados e sorrindo sempre no rosto barbado, com aqueles dentes amarelados, bem feitos.

Diogo deu de ombros indiferente. Aquele seu gesto poderia ser interpretado da maneira que quisessem. Dauro continuou a falar:

— Foi bom que tivesse ido lá. Isso prova que não está dormindo. Foi bom.

Emborcou o copo de pinga, deu um estalo na língua:

— Eu perciso que vá visitar o meu rancho. Quero que os meus cachorros lhe conheçam pelo faro. Assim eles não farão mal se percisar rondar lá por meus lados.

– Está bem. Qualquer dia desses eu irei.

Dauro levantou-se. Em pé suas proporções tinham aumentado. Era mais alto do que parecia sentado. Sua calça era forrada na frente, na parte das coxas e nas pernas, com peles de cabra. Um cordão forte lhe sustentava a cintura, onde a bainha de uma faca deixava entrever a cabeça da arma. Nos pés usava sandálias de couro grosso, coladas aos pés quando o couro do bicho ainda estava quente, como era costume.

Enfiou as mãos no bolso, procurando dinheiro, retirou uns níqueis e deu-os a Guarabira. Alisou a barriga e arrotou, vindo aquele cheiro forte de cachaça. Agarrou o rifle encostado na parede, puxou o gorro mais sobre os olhos e, sem dizer boa-noite ou outra coisa mais, saiu caminhando. Empurrou a porta com a arma e transpôs dos limites da luz do lampião para os braços das trevas. Foi-se perdendo nas areias, sumindo no negror onde se escondia o porto – silencioso, como estavam todas as casas, morto, como os corpos dormindo pelas esteiras, como as próprias horas do sono. Diogo voltou-se para Guarabira. A porta da entrada voltou sozinha a se encostar.

– Uma fera, seu Diogo. Ele vive de matar os outros. Tem prêmio pelas vidas que apanha, pelas mortes que faz. Se não fosse ele, fugia muito mais gente do que de costume. Dauro não tem remorso nem consciência.

– E onde vive, Guarabira?

– O senhor não esteve lá em cima, onde tem vento?

– Estive.

– Não viu uma selva que começa do outro lado da serra?

– Vi.

– Não reparou que se segue uma porção de riscos de terra, entre os brejos que começam?

– Sim.

– Pois lá, se o senhor tem boa vista, lá no fim, onde a gente até perde a noção de ver as coisas direitas, sempre tem uma fumacinha. Nessa fumacinha está a casa de Dauro.

– No meio dos pântanos?

– Sim, senhor. Não sei, dizem que ele tem o corpo fechado. Ele resiste a tudo, resiste à febre, às mordidas de cobra; bebe aquelas águas podres e continua vivo e forte; tira couro de jacaré que ele pega para vender ao pessoal da costa; conhece todos os buracos da selva e todos os braços do pantanal e é capaz de perseguir um preso, à noite, com os olhos fechados.

– E como se vai lá?

– Tem caminhos que atravessam a selva e com cuidado a pessoa pode bem chegar lá sem se atolar nos pântanos. Mas é bom que avise ele ou dando um tiro ou assobiando com qualquer coisa, para que ele agarre os cães. Senão o senhor, ou quem lá fosse, ficaria bem maltratado.

– Por que dessa vez ele não trouxe os cães?

– Porque são muito bravos e mesmo porque ele sabia que o temporal era pequeno e que, sem duração de vento, nenhum preso fugiria ou se arriscava a seguir os conselhos de Cesário.

– Dauro detesta Cesário, Guarabira?

– Ele quer ver o diabo primeiro...

– Há alguma razão para esse ódio?

– Sim, senhor. No começo, os dois trabalhavam juntos para pegar os presos. Depois Cesário virou ao contrário: ganha mais de ajudar nas fugas. Por isso. Mas faz muito tempo que eles se separaram com raiva.

– Cesário nunca pesca por esses lados?

– Difícil, só nas noites sem lua e assim mesmo só vi ele umas vezes pescar aratu, de facho. Ele gosta mais do mar alto, por isso que ele mora do outro lado do solar de Chico Rita.

– Ontem que eu vim a saber que ele morava naquela cabana...

– E por isso o senhor passou o Sudoeste no solar?

– Foi, sim.

Diogo sabia que estava mentindo, mas era parte insignificante dos seus planos. Se confirmasse tudo poderia estar bem. Se não, na primeira vez que o doutor aparecesse pelo botequim, Guarabira contaria a verdade, e o doutor a transmitiria a todos os habitantes da ilha, inclusive a Cesário, com aqueles tons de intriga premeditadamente a remoque.

– Bem, Guarabira, obrigado por ter me chamado. Foi bom conhecer Dauro. Agora eu me vou.

Guarabira ajudou a abrir a porta, respondeu ao boa-noite dado pelo rapaz e deixou seu vulto parado por muito tempo, olhando o rapaz a se perder na noite, na mesma posição que o chamara.

Não havia viva alma se movendo. Todas as luzes tinham-se velado. Só o céu, com muitas estrelas, parecia virado pelo avesso...

CAPÍTULO TERCEIRO

Kana contara para Pio, e Pio trouxera a novidade para Diogo. Nina só falava em morrer. Por isso prometera para a empregada negra todos os vestidos, todas as coisas que dela sobrassem, até mesmo a casa onde vivia. E Diogo sabia que Kana contara tudo isso naturalmente, sem emoção alguma, sem tristeza ou mesmo piedade. Talvez na mentalidade primitiva da crioula o desejo existisse forte: era bom que a patroa morresse logo, porque assim receberia as coisas dela; porque assim seria vista novamente com bons olhos pelo pessoal da ilha, que já começava a dar mostras de inimizade pelo fato de ela trabalhar com a estranja; porque assim também, dona de uma casa mobiliada, seria respeitada quase como uma mulher rica, em virtude da miséria latente daquele povo...

De fato Diogo procurara Nina muitas vezes. E quando ela não se trancava no quarto, evitando a sua presença, mantinha-se muda, com os olhos vazios sem expressão alguma. Nem sequer respondia às perguntas que lhe eram dirigidas. Outras vezes perdia-se horas e horas pelos recantos da ilha, sempre vagando bêbada, desinteressada e, por vezes, rota.

Cada vez se embriagava mais. Poucos eram os seus normais momentos de lucidez. Mas ela conseguia se equilibrar a despeito de tudo, compreender e deduzir naquele estado de semi-inconsciência. Agora estava pior, mais relaxada, longe daquela última Nina calma que adormecera de olhos doces no solar de Chico Rita.

Diogo se lembrava de detalhes das suas conversas. Revia Nina batendo na porta e escutando o silêncio: "Nina, Nina, eu tenho tanta pena de você. Nina...". Ou então quando se banhava no riacho:

"...Eu penso que sou uma rosa. Cada bico dos meus seios é um botão, é um botão desabrochado..."

E vinha aquela pena infinita nos seus olhos, relembrando os momentos das noites passadas juntas, o frio dos dois corpos abandonados procurando abrigo, procurando qualquer coisa, mas sempre procurando. Sabia não amar a mulher, e que os sentimentos dela correspondiam. Eles estavam sós e se suportavam. O ambiente jogava-os um contra o outro, e a solidão remediava os hábitos. Não amava a mulher. Não a desejava, a não ser pelos momentos de sexo, quando a ilha os aproximava mais. Acostumara-se a ela como admitira e jamais tentara impedir o seu vício de embriaguez. Não estava certo de ser aquilo um vício.

Nina era como ele, uma desencantada. E quando sentia pena ou se entristecia por seu abandono, tinha consciência absoluta de que metade da piedade se dirigia a ele mesmo, ao Diogo esquecido, ao Diogo nunca lembrado, confundido numa vertigem de destruição.

A vida é que não valia e não adiantava explicar por que as coisas aconteciam. E, mesmo, como explicá-las? Que culpa tinha de ser ou de não ser? Quem garantiria que aquelas crises de abandono não eram formas de transfiguração?

Gostava dos sonos calmos, parados e duros como as águas da baía. Somente isso. Mas ria, por vezes, atacado de

lembranças irrisórias. Como no caso de ele ser ele, de ter lutado em forma de espermatozoide e concorrido com alucinação em fecundar um óvulo. E quantos outros não tinham perecido para que ele vivesse? E agora a vida era aquilo. O tédio, a irrealização...
Por que então justificar ou compreender Nina dos gestos parados, respirando de descanso?

•••

Mas a notícia veio brutal, tão brutal como o último Sudoeste que rebentara. Os guardas do presídio tinham invadido as regiões da ilha e os cães acorrentados se arrastavam no chão com o nariz grudado nas areias. Tudo fora em vão, era tarde, o preso partira. Ninguém o vira. Cesário tinha voltado da pesca e ninguém podia acusá-lo. Liberto, agora, o homem fugido sumira-se pela restinga, apoderara-se da canoa. Mas alguém lhe deveria ter indicado a canoa. Deveria ter contornado a Ilha da Saúde e agora buscava um ponto longínquo da costa onde passasse, conforme a sua chance de vida, por um pescador ou habitante das praias da região. E lá poderia pegar a estrada de ferro e se sumiria sempre, sempre...
Entretanto, o dia estava quente como os outros. Não houve temporal, e às três horas a restinga se devorava no comum do seu areão em fogo.

•••

Um estranho acabrunhamento se apossara de Diogo. Estava na mesa do botequim e à sua frente sentava-se o doutor. Seus olhos de aço fixavam duramente o delegado. Por trás do balcão, Guarabira observava o branco. Um sorriso sarcástico, quase imperceptível, se aninhava nos cantos da sua boca, e os pelos da barba descuidada pareciam mais negros pelo jeito do sorriso.

O doutor estava parado, branco e limpo como sempre, a mesma camisa entreaberta, os mesmos pelos brilhantes.
– Agora você está desgraçado, rapaz.
Diogo não desfitou o olhar maldoso.
– Desgraçado. Você vai ser mais desprezado do que os cães velhos da praia. Vão caçoar de você a todos os minutos. Eu o avisei de que você não podia falhar. Você ficou desmoralizado...
– Mas qual a minha culpa? Se mesmo no presídio não se soube da fuga, se ninguém o viu? Como poderia eu?...
– Com o outro foi a mesma coisa. Também ninguém viu...
– O que queria que eu fizesse? Diga o que o senhor faria?
Diogo suspendeu a voz irritado:
– Diga o que o senhor faria na sua genialidade.
– Não sou eu o delegado.
– E que culpa tenho eu de que o presídio seja uma bosta, de que os guardas sejam subornados e auxiliem a fuga, e auxiliem Cesário?...
– Então desista. Faça como aconselhei à primeira vez. Volte.
– Voltar? Eu? – e riu na cara do médico. – Eu não volto, doutor, não volto. Era isso o que o senhor queria, porém se enganou. Esse fugiu, mas vejamos agora o que virá. Não pense que sou bonzinho, nada disso; nem mesmo me tacho de sentimentalista. Mas tenho os meus planos para o próximo, mesmo que inclua nos meus cálculos a hipótese de que o senhor esteja de combinação com Cesário...
O doutor riu calmamente e falou sem se emocionar:
– Você está é louco... Eu, de combinação com Cesário?
Diogo sentou-se mais calmo. De fato não se justificava aquela sua acusação. O doutor não se uniria num golpe baixo daquela natureza.
– Vou lhe contar uma coisa, meu rapaz. Nos velhos garimpos de Goiás, nas prisões primitivas, aconteciam coisas

assim: faziam-se quadrados cercados de madeira da altura de um homem e deixavam-se os presos lá dentro como num chiqueiro. Não tinham eles abrigo para o sol ou para a chuva. Em volta, deixavam também gente armada de rifles, prontos para atirarem em quem fugisse. E poucos conseguiam alcançar a mata, pois poucos tentavam a fuga, porque sabiam da certeza da morte. – Calou-se.

– E o que quer dizer o senhor com isso?

– Que você deveria aplicar o mesmo método. Por um lado, você já tem Dauro pronto a aniquilar qualquer um que passe em seu rasto. Eles sabem que você é o ponto fraco, que todos os delegados têm fracassado em suas missões porque não matam, que quando eles o fazem o tiro parte do fuzil de Dauro...

– Quer dizer que eu devo matar?

– Não foi o que eu lhe disse quando aqui chegou?

Diogo comentou quase para si:

– Pois bem, eu matarei. Eu também matarei...

O doutor ia sair, antes bateu no ombro do rapaz com simpatia. Diogo raciocinava. Ele era louco, o doutor era louco. Queria que ele matasse. Matar, uma ação simples que significava a mesma coisa de trás para a frente e de frente para trás. Mas, de repente, uma faísca rebentou em seu cérebro. Por que insistia ele em que matasse? Não seria para que ele, Diogo, corresse o perigo de morrer nessa caçada? Isso, não, porque o doutor já lera em seus gestos o desinteresse pela vida. Havia algo mais naquela insistência. Virou-se para a porta. O doutor ia começar a transpô-la e gritou depressa:

– Doutor Saturnino, um momento – e correu em sua direção, enquanto o médico parou surpreendido.

Diogo se aproximou dele e falou perquirindo-lhe o rosto, quase chegando a boca ao seu ouvido:

– Doutor Saturnino, me diga uma coisa. Por que o senhor insiste em que eu mate? Por quê?...

Um ligeiro tremor se remexeu nos lábios do velho homem. Quis falar, mas a fala não saiu.

– Por quê?

A voz de Diogo saía rouquenha e diabólica. A fala se arrastava.

– Por quê, Doutor Saturnino? Diga: por quê? Eu matarei, mas quero uma justificativa para o seu pedido, veja bem, uma justificativa para o seu pedido e não para a minha ação.

O doutor empalidecia e um filete de suor inundou-lhe as têmporas. Nada dizia. Mas Diogo continuava:

– Eu sei por quê, doutor. Eu sei por quê. Descobri. Não pense que o resto da humanidade é burra e que não possa atingir o âmago de um pensamento de vingança, doutor. Eu sei...

O médico abaixou a cabeça e voltou em direção à mesma mesa que antes abandonara.

Diogo sentou-se a seu lado. Agora falava mais humanamente, porém mesmo assim com perversidade.

– Eu tenho que perguntar, doutor, tenho direito a inspecionar desde que aceitei o seu conselho – eu vou matar.

Levou as mãos até o rosto do velho e suspendeu a sua cabeça pendente. Mas mesmo assim os seus olhos continuavam cerrados, humildemente descidos. Não soltou o rosto e continuou falando.

– O que o senhor teve com o outro delegado? Diga o que teve com ele? Por que se satisfez com a sua morte? Ou não se satisfez? Ou sente remorsos por ter ajudado a ele se matar? As suas noites são negras, não, doutor? Negras de remorso... Prometeu no seu medo que eu o vingaria, de que tiraria a desforra, mas não adianta. É uma vingança louca, besta, idiota, e mesmo ele já morreu. E os que morreram são tão insignificantes como as areias da praia. Diga-me, doutor, uma só coisa...

E riu, segurando a cabeça derreada do médico.

– Somente uma pergunta, Doutor Saturnino: por que o senhor teve coragem de fazer isso com o seu próprio filho?...
Soltou o rosto sobre o pescoço amolecido. Um uivo se escapava do peito do homem quase abatido, perto da morte. Estremecimentos percorriam-lhe os ombros antes tão altivos; parecia vergado, pequeno, minúsculo, insignificante, sumindo-se entre os dois ombros que teimavam em se juntar naquele desfalecimento. Escapara-se do homem a fase dura. A armação de cimento, forjada pelas circunstâncias, ruíra em todos os ângulos da sua fraqueza latente. Ele agora não era o homem de branco, o homem que se vestia de branco, enquanto toda a ilha apodrecia de suores e de sujeira...

•••

Novamente procurou a sombra das amendoeiras, fugindo do cáustico calor e do sol, mergulhado em poças de suor, para seguir uma linha calma de pensamentos.
Pio assobiava lá dentro, e a música era aquela – sim, aquela mesma – que ouvira uma vez ao acordar. Assobiava a canção de deboche do cão de caça... A todos os momentos ele assim fazia, naquela provocação constante. Suportava quase insensível os olhares canalhas lançados pelo empregado que se comprazia em espionar os seus menores gestos. Tudo que ouvia vinha recheado de segundas intenções. Aquela cara bêbada, inchada, os olhos miúdos, as mãos mesquinhas e sujas demonstravam claramente as perfídias encobertas no rosto do empregado.
Desde aquela hora no bar em que prostrara o Doutor Saturnino, não mais o vira. O homem, traído pelos seus próprios segredos, anavalhado em seu íntimo, se tornara recluso ou se escondia pela solidão da ilha. Para Diogo ele era um homem, apenas um homem branco sem importância de espécie alguma, sem ascendência. Ao contrário, um ser

mesquinho, louco, egoísta, recheado de complexos, devorado por ele próprio, pelos seus fracassos. Não era dado a Diogo medir o tamanho, a extensão da loucura e da maldade humana. Não se achava nesse direito, mas pensava quase enojado na figura do homem solitário na ilha, fugido do passado, querendo exercer uma sombra maléfica em todos os seus atos. Via-o abandonado pela família, a mastigar de vingança fria, suja, inqualificável. Imaginava-o urdindo ações, traindo por vingança o filho que não significara nada para ele. Por sua vez o filho deveria ser um estroina, um arrasado, um desmoralizado para aceitar a atração forçada que o pai lhe fazia, ou talvez somente descobrisse o pai ao chegar à ilha...

Pio continuava insistentemente assobiando a canção do cão de caça, porém os pensamentos de Diogo continuavam a perseguir a vida do Doutor Saturnino. E o rosto desprezivo do médico, belo em sua malvadez, analisando o filho sem significado, o macho sem coragem, enlouquecendo a ponto de suicídio, desabrochando ainda contra a fatídica memória o ódio vivo dos habitantes da ilha. Fez mais um esforço para se lembrar de como o médico lhe contara a morte do outro delegado. Lembrava-se de que ele falara da noite, descrevera a paisagem, comentara sobre o fumo inglês que usava, até do céu cheio de estrelas; depois o tiro, os cães ladrando e as luzes de lampião se dirigindo... A frieza com que contara tudo isso... pintando todo o cenário primeiro, não ignorando que se tratava de uma vida que ele levara até o desespero, uma vida que dependera dele, do seu próprio sangue... E o final da narrativa:

"Não deixou uma só explicação, nem uma linha dirigida a alguém. Na sua mesa ainda se encontram os vestígios nodosos do sangue, não viu? Foi Cesário quem o levou à loucura..."

Culpava Cesário, quando Cesário apenas fora um seu instrumento, quando apenas manejara o ódio natural de um ser ignorante na destruição premeditada pelo seu cérebro.

Aquele era o Doutor Saturnino sem máscara, branco e nojento, belo e horrendo...

E Nina? Pio contava as notícias trazidas por Kana. Nina matava-se lentamente. Parecia esperar um momento de maior oportunidade ou de coragem, quando senão de dor total, para se destruir de uma vez. Na ilha, tudo morria: definhavam os bananais, fugiam os peixes da pesca. Por que não caíam de uma vez as chuvas de estrelas para esmagar a todos sem compaixão?

Nina não falava mais. Nina estava na sala de espera aguardando sem esperança uma notícia definitiva...

Pio chegou-se ao rapaz e murmurou com o canto da boca:
– Café.

Virou as costas e assobiou a canção novamente. Diogo levantou-se. O areão da restinga se iluminava e o mar parecia ainda mais parado. Ainda mais parado. Colou as mãos em pala sobre os olhos e olhou o mar naquela massa imensa, perdendo-se sem limites. Dirigiu a vista, em círculos, para a imensidão da ilha. Perguntava ao infinito das águas em que ponto se escondia o homem fugido. Mas o mar se alastrava terrível pela baía e mais terrível ainda ao longe, fora dos limites da ilha. O mar incógnito. O mar de gelo.

Todavia um homem estava nele. Tantos homens estariam nele em milhares de partes. Mas somente aquele homem, buscando a costa, tentando a liberdade que não existia em parte alguma, o interessava. Buscá-lo-ia se soubesse onde se encontrava, até nas profundidades do inferno, e trá-lo--ia preso, mesmo morto, mesmo pendido e ensanguentado, mesmo sentindo correr o sangue sobre os seus membros. Arrastaria o fugitivo por todas as areias da restinga ou pelas praias efervescentes da costa...

Entretanto o mar nada dizia. Contentava-se em ser apenas uma multidão de águas paradas, grande, vazio, mudo e atroz...

...

Então a vida, que já era insuportável, tornou-se pior ainda. Em casa, Pio o fitava, rindo nos olhos, rindo nos cantos da boca e assobiando a canção de O *cão de caça*. De noite, vinham cantar à sua porta, sombras cantando escárnios, se escondendo em vultos tenebrosos, em gente que corria se por acaso Diogo abria a porta e aparecia com o lampião. Na venda, todos riam nas suas costas. Parecia que a vida da ilha se transformara em uma grande anedota, em uma gargalhada contínua. O coco de Cesário por vezes fora arremessado com estrondo contra as portas e as janelas de sua casa... E todos riam por trás, mas deixando os ecos naquela gargalhada de deboche...

Os dias se passavam e Diogo começou a se relaxar. Não era possível que alguém resistisse a tanto. Suas vestes agora estavam descuidadas e por vezes caminhava silencioso pela praia, odiando o tempo todo, sem camisa e meio barbado. Das poucas vezes que avistara o Doutor Saturnino, pudera comparar as duas espécies de homens que formavam: ele e Diogo se confrontando. O doutor completamente branco, se bem que triste e vago, e Diogo se perdendo todo não só na tristeza como na inutilidade de existir.

Então as noites se prolongaram mais. Mais quente se tornara o sol, maiores se fizeram as praias. As areias eram tão grandes, tão grandes que se assemelhavam infinitas, e sua sombra se arrastava por dentro delas, indecisa, insegura e parda.

Ninguém parecia mais existir. Nina desaparecera. Buscara-a por todos os recantos da ilha. Mas ela não se interessava em compartilhar com ele da solidão de tudo. E quando a encontrava, o silêncio tinha unido os seus lábios e a busca ou a curiosidade se apagara nos seus olhos. Nina se velava em marés paradas.

Sentir mil olhos da ilha, espiando por entre as sombras, perscrutando no vazio, tão silenciosos como as cobras; sentir o sol sobre a cabeça e sobre o corpo abandonado, queimando com seus mil fogos, tão silenciosos como as folhas que amadureciam sem vento... Caminhar só, sem destino, avistar o horizonte e o peito rebentando naquele desassossego constante. Como ermas se tornavam as fronteiras da alma! Impossível seria transpô-las numa volta irrealizada. Tudo se perdera no homem só, que se arrastava pelas praias, que sondava os horizontes retos sobre um mar paralisado. O homem, o corpo sem significado que dependurava as mãos inertes, raspando-as contra os membros, suspendendo as mesmas mãos inertes e apertando a cabeça suada, mais que suada, cansada e triste...

As horas sem contrastes se resumiam em tempo que não passava. E o pior era ter a consciência de que tudo aquilo respirava sem significação... E ter noção de que todas as distâncias se aumentavam, duras, sem profundidade ou superfície, porque não haveria a volta nem mais detalhes para comparações. Não haveria a volta...

Tinha que achar Nina. Havia mais de um mês que não a procurava. Da última vez que mantivera contato com ela, encontrara-a calada e distante, como a boneca imprestável que Kana jogava sobre a cama e despia todas as noites.

Seriam três horas, a hora do marasmo. O sol incendiava tudo e o suor vinha forte escorrendo por entre as pernas, grudando-se na calça. A barba comprida de muitos dias queimava e arranhava o rosto em fogo. O ar doía como chumbo, fazendo com que os olhos tivessem aquela aparência constante de choro. A testa estava talhada de rugas brancas, concentradas, porque a sua pele se tostara muito.

Queria Nina. Nina poderia ainda ser a última coisa viva da baía. Pelo menos, se viva, não o molestaria com os olhos de veneno, com as garras do ódio. Não existiria em sua boca o ríctus pegajoso de Pio, nem também sairia de seus lábios o assobio que Cesário insuflava maldosamente. Não ouviria dela a fala cheia de remoques com que Guarabira costumava empregar desde que o preso fugira... Queria ver Nina, a dos olhos apagados e de cuja boca talvez não se escapasse uma só palavra. Nina morta nela mesma.

Encontrou-a sentada sob a amendoeira. Ela também tinha as mesmas amendoeiras no quintal, também colocava a preguiçosa semelhante à sua, fugindo do calor, buscando os pontos mais suportáveis. Sua cabeça desvirou-se em direção dos passos que chegavam, procurando os pés que esmagavam as folhas secas, e foi subindo mais a vista. Uma chispa de luz perpassou seus olhos velados. Aquele homem era Diogo, o mesmo Diogo que conhecera, que se banhara no riacho ao pé da serra. Sim, ela se lembrava de tudo, lembrava-se porque sabia que a vida era sempre uma mediocridade de comparações se amontoando. O homem, o antigo companheiro, que trazia em todos os gestos a marca do abandono, o homem era Diogo. Apesar da barba crescida e dos olhos inchados, do vinco criado em volta dos lábios, das rugas nascidas da força do sol, apesar das vestes imundas e da gola quase arrancada, o homem era o mesmo homem. Pensou no doutor, tão branco. Só ele resistia, só ele se conservava sem se apodrecer, como se fosse um produto dos pantanais bem equilibrado na imundície da paisagem. O doutor era branco, fora branco e estaria sempre branco. O outro, o delegado que se suicidara, também ficara igual ao homem que se postava à sua frente, calado e só. Se tivesse visto o primeiro homem uma só vez, se tivesse visto Diogo uma só vez, confundiria um com o outro. Eles pareciam se completar.

Nina estava viva. Nina estava viva. Um sorriso mole e pequeno surgiu no rosto do rapaz. Então, poderia aproveitar aquele raro momento. Quase caiu aos pés da preguiçosa e tomou a mão relegada de Nina entre as suas, alisou-a mornamente, com efusão. Sua fala vinha rouca e emocionada:

– Nina, Nina, eu estou aqui.

Mas ela não se emocionava e nem pensava em retirar a mão das dele. Nada importava naquele carinho perdido que se juntava a tantos outros sem significado.

– Nina, Nina.

E como não respondesse, encostou a face até àquela mão inerte. Quase chorava.

– Nina, Nina, estou aqui. Estão me levando à loucura!...

Somente os olhos de Nina pareciam compreender o desatino do rapaz. A mão frouxa não manifestou um pequeno gesto de piedade e sua voz teimava em não sair.

Diogo soltou a mão indiferente e, recostando apenas a cabeça de encontro à madeira da cadeira, baixou os olhos para o chão. Um mundo tão insignificante se realizava ali. Formigas vermelhas se rojavam puxando corpos mortos, folhas. Outras mais escuras corriam rápidas nas pernas finas. As folhas secas se decompunham de velhice e começavam a se integrar na matéria das areias...

E então foi falando, falando sempre, mesmo que fosse para incomodar a apatia da mulher.

– Soltaram o preso, Nina. O preso fugiu. Você já deve ter ouvido falar nisso. Os homens da baía estão procurando levar-me ao desespero. Que devo fazer, Nina? Você que teve um pequeno interesse por mim, que já conheceu o caso do outro delegado...

Mas Nina nada dizia.

– Fale, por amor de Deus. Nina, diga qualquer coisa. Só me resta você como uma esperança.

Então, vendo que ela não mais falaria, foi conversando, misturando diálogos e histórias, num desabafo incontido.

– O outro delegado era filho do doutor. Você sabia, Nina? Sim, você sabia de tudo, de tudo. Ele matou o próprio filho.

Fez que ele se suicidasse. Uma monstruosidade! Por que nós aqui nessa ilha somos seres tão desgraçados? Como pode um pedaço de terra tão miserável e longe reunir os destinos de tanta gente que não presta? Você não acha que nós não prestamos, Nina?

Nada vinha interromper a conversa do rapaz. As formigas continuavam indiferentes às suas carreiras e arrastões com patas de veludo.

– É, Nina, acho que ninguém presta mesmo. Se você me ouve, faça alguma coisa por mim. Não adianta suplicar, implorar a você, mas pelo menos que seja por gratidão, ouça o que lhe digo. Não tem importância, mas eu ouvi as suas histórias. Sei que você mentiu, imaginou coisas. Eu não cri naquilo tudo, mas ajudei, escutando interessado. Você devia me ouvir, Nina...

Ela apenas virou o rosto para o outro lado e os cabelos loiros tão lindos, tão embaraçados, escorreram obedecendo à direção tomada pela cabeça.

A fala de Diogo ia se perdendo. As agitações nervosas dos primeiros arrancos se dissipavam. A emoção da narrativa, a dor de precisar contar, de encontrar um confidente, podavam-lhe os exageros da voz. Talvez o cansaço da caminhada, a dissipação das últimas noites perdidas, o suplício do sol de cáustico, estivessem exercendo uma influência sobre ele. Já agora falava baixo, com tendências a diminuir os sons até convencer-se de que estava falando sozinho, contando para ele mesmo as histórias que tanto sabia. E Nina não se interessava por elas como todo o resto da humanidade que conhecera.

– Uma vez você, Nina, perguntou quem eu era. Se lembra? Perguntou por que eu viera para cá, qual a minha história, o que significavam as expressões tristes dos meus olhos... Pois, Nina, eu não lhe falei daquela vez, mas estive a ponto de contar. Minha história era desinteressante, não acredita? Agora direi para você. Se você se lembra da história do delegado, da história do doutor... Se souber ligar pedaços dessas duas histórias você terá a minha quase completa... Eu também me perdi por amor, Nina. Nós somos tão parecidos. Pelo menos penso que somos... E eu não lhe contei de onde viera e por que viera. Quer mesmo saber de onde eu vim, Nina? Pois eu vim de um sanatório. Minha família internou-me lá porque eu me viciei em tóxicos. Era toxicômano. Por isso vim para cá. Pensavam que eu me regeneraria. Eu mesmo tinha me iludido a esse respeito. Pensei que aqui, fugindo de tudo, do passado, do amor, longe do vício, seria outro homem... Que culpa tenho, Nina? Que culpa tenho, Nina?

E um estrondo se rebentou em seu íntimo, o desespero estourou em lágrimas. Grandes soluços lhe sacudiam o peito. Foi chorando cada vez mais, num acesso de loucura. A baba escorria de sua boca e grudava-se no rosto barbado. Prendeu a cabeça entre as mãos e sem forças encostou os cotovelos sobre as pernas...

Nina tornou a desvirar-se na cadeira. Mas dessa vez sua mão se movimentava. Tocou no ombro do rapaz. Diogo estremeceu e, com o choque daquele carinho, estancou o pranto. Ergueu a cabeça das mãos. Nina estava de novo em silêncio. Seus olhos voltaram ao comum das marés veladas. Mas junto a ela, colocada no chão, estava a garrafa de bebida, a garrafa que Nina mantinha sempre ao alcance de suas garras.

Olhou a garrafa de aguardente sem surpresa alguma. Nina ouvira a sua história, compreendera o seu desespero e se irmanava na sua dor. Sem indecisão alguma, suspendeu também a boca da garrafa até os lábios e sorveu goles e mais goles, seguidamente...

O Doutor Saturnino tinha razão. Diogo agora estava justificando o encontro.

"São dois bêbados, Guarabira. Dois bêbados que se encontraram num momento oportuno..."

•••

    À proporção que os dias se passavam, no pequeno movimento da ilha, Guarabira, por trás do balcão, ia e vinha para atender aos pedidos do delegado. E sempre as doses de bebidas eram aumentadas.
    O silêncio também viera povoar os olhos de Diogo. A paisagem se integrava toda no seu íntimo, no seu ser.
    "Sabe o que significa Moss? *Moss* é musgo e o musgo é um perigo porque se adapta logo à paisagem..."
    Não queria pensar. Queria era resumir o mundo em um nada total e aguardar apenas que o tempo rolasse, e rolasse mais ainda.
    E o braço subia e descia, o copo ia e vinha. Guarabira obedecia, seguindo com atenção todos os movimentos do homem. Deveria pensar: aquele estava por pouco.
    Depois Diogo arredava-se do bar e caminhava, arrastando pelas areias da praia uma sombra oscilante.
    Nos primeiros dias ainda voltava para casa. Mais tarde porém deixava-se ficar onde a noite o encontrasse.
    Por vezes, dentro da noite, os moradores da ilha avistavam um lampião aceso cortando as trevas e girando, girando a ponto de quase encostar-se no chão. Era Diogo, embriagado, caminhando sem rumo, sem rumo, sem rumo... Quando viesse a manhã, os pescadores o encontrariam dormindo pelas areias. Já tinha sido encontrado também quase rente aos sargaços da praia e despertara com os vômitos das marés que cresciam...

CAPÍTULO QUARTO

Muitas e muitas noites se seguiram, sem que as estrelas aparecessem no céu. Na praia comentava-se aquilo, como prenúncio de tempestade, como a aproximação do Sudoeste que viria feio e demorado.

E nos dias que se seguiram, o mar adquirira uma tonalidade roxa e o sol se encobria por nuvens, enchendo a paisagem de um mormaço doentio, irritante e dolorido aos olhos. Mesmo sem sol, o calor não deixava de infernizar as vidas.

E tanto nas noites sem estrelas, como nos dias sem sol, Diogo continuava a beber, a ligar as suas horas num só círculo, a se afastar do tédio e das coisas que poderiam ser conscientes.

Nina tivera razão e oferecera em silêncio a solução única e mais rápida para o amortecimento da dor...

•••

Acordou com fachos de luz penetrando pelos vãos do teto. De novo a terra amanhecia ante a tontura dos seus olhos, ante os olhos de nojo de viver. Não diria, como Nina: "Jesus, como me dói a cabeça!".

Mas como doía. Arrepios de frio se ligavam em todos os membros. Acariciou o busto nu e com as mãos pesadas apertou os braços que se encontravam gelados. Dormira sem camisa, sem desdobrar as cobertas na rede. Estranho sentir aquela impressão de frio. Firmou os olhos para acostumá-los à pobreza da escuridão. O relógio, pendurado perto, mostrava-lhe sete horas e quinze minutos. Dormira bastante e o estômago pedia-lhe água, isso porque a língua inconscientemente se dirigia para os lábios rachados, ressequidos...

Levantou-se e teve a impressão de sentir a rotação da terra sob os seus pés. Aprumou-se e saiu em busca da moringa d'água sobre a mesa da sala. Ia levar o copo à boca, quando por cima do mesmo avistou a flor de pano. Antes de engolir, foi baixando a mão lentamente e sua vista se pregou ávida na rosa.

O azul desaparecera. Colorações roxas iam agora descolorindo e se aproximando de tons cor-de-rosa.

Uma angústia enorme se apossou do rapaz. Algo se prognosticava além do mau tempo. Esqueceu-se de que a sede o atormentava e escancarou a porta. O dia tinha um aspecto turvo e ameaçador. Olhou em direção da restinga. Ao longe as areias começavam a se movimentar, impulsionadas pelo vento que vinha do mar. Defronte, o mar se encrespava em ondas miúdas que tendiam sempre a aumentar.

As amendoeiras ressequidas oscilavam devagarzinho, e as folhas secas da bananeira, ainda ligadas ao pé, ciscavam o chão.

E o vento vinha aumentando. Para os lados do mar, o céu se tingia de nuvens de chumbo, as águas se encoloravam de cinza. As rajadas de vento caíam fortes sobre as árvores da praia. Uivaram as amendoeiras e as folhas desciam em círculos, vindo chicotear o cimento do terraço. Todo o chão de folhas secas rodopiava alucinado. Bofetões de vento se estrondavam contra as telhas da casa dando gritos de angústia. A maré invadia os limites e se arremessava forte na areia úmida. O vento atingia Diogo no rosto e suas narinas cheiravam o ar.

Parecia que o peito ia estourar da pele para sorver o vento que quase nunca vinha.

Junto ao porto, os homens amarravam as canoas nos ancoradouros. Outras eram carregadas bem para cima, na linha das casas.

Diogo retirou-se, uma tristeza grande morando-lhe nos olhos. Entrou na cozinha e retirou do armário a garrafa de aguardente. O vento gemia lá fora cada vez com mais intensidade. As árvores marrons se contorciam doídas, como se fossem freiras chicoteando-se em suplícios.

Por muito tempo Diogo ficou escutando o canto de desespero do vento sobre as frinchas do teto. Estranho aquilo lhe causar uma paz de espírito realmente notável...

Eram canções que significavam muito, anúncios de uma paz mais completa e que ele sabia que viria em breve... E levava a mão seguidamente da garrafa para o copo. Depois o seu corpo se esquentou e veio aquela sonolência morna envolvendo os seus pensamentos, afastando a linha reta da realidade. Riu-se, lembrando do bem-estar que sentia depois que se acostumara ao vício do tóxico. Recordou-se do desespero da família. Ele, Diogo. Já não bastava o escândalo da mulher que se fora, e agora, como toxicômano, sujando a pose de uma árvore genealógica de quatrocentos anos. Riu mais. E quando fora para o sanatório? A constância obrigatória para a desacostumação do vício, as dores de cabeça, e a vontade de estrangular seu Rafael, um enfermeiro forte que tinha tenazes em vez de mão. O que mais o revoltava era saber que eles estavam tirando a sua felicidade, que ele não queria mais viver, empatando que ele se gastasse de um jeito gostoso. Lembrou-se das crises de sonho e de dissipação quando, ao acordar, era possuído da impressão de que o cérebro se desfiava lentamente, de que os seus sentidos se gastavam como roscas inutilizadas. A paralisia e o peso dos gestos, a desimportância de tudo, o relaxamento das funções musculares, a vontade de permanecer, somente permanecer e respirar... O enfermeiro Rafael diminuindo as suas doses, arrastando-o pelos pátios, fazendo exercitar-se e acostumar-se de novo a admitir que as árvores eram árvores, que o céu azul era bonito assim azul... A mesma família visitando-o receosa. O quarto branco desprovido de tudo que compelisse ao suicídio. Rafael, roncando ao seu lado as noites todas, se levantando aos menores movimentos. E as crises de choro e de desespero, lamentando-se como uma criança, prometendo tudo ao enfermeiro! Daria dinheiro, deixar-lhe-ia bens. Jurava ajoelhado, implorava com o rosto lavado para que ele trouxesse mais, para que não diminuísse as doses... Outras vezes se arremetia furioso contra o homem, tentando golpeá-lo, esbofeteá-lo. Mas era dominado, atirado para a cama com brutalidade. Por vezes apanhara na cara até adquirir o uso da razão e chorar de manso como um menino castigado, jurando que se vingaria, mas sabendo que não teria jamais forças para vingar-se...

Tornou a beber, e mais ainda. Agora ria daquilo tudo. Nada tivera importância, visto que estava do mesmo jeito. E do mesmo jeito se alastrava dentro dele a vontade de não viver. Agora poderia também realizar-se na autodestruição. Ninguém o impossibilitaria naquela loucura de extermínio e fuga.

Ouviu que batiam forte na porta da frente. Interrompeu o curso das ideias e ficou esperando para ver se estavam batendo mesmo.

Grossas pancadas se repetiam na porta. Levantou-se sem firmeza e foi abri-la. A cada passo, um bem-estar divino remexia todos os seus membros.

Naquela anulação, podia lembrar-se de Nina.

"Nina, sim. Nina tinha razão." Aquilo resolvia todos os problemas.

Abriu a porta. O vento invadiu a casa, desarrumou as toalhas, balançou a rosa e jogou papéis pelo chão. Um homem grande estava à sua frente. Vestido de couro de cabra, com o bigode caído em forma mongólica, estava Dauro. Seus olhos miúdos tinham cintilações de aço.

Enfiou o corpo pela porta entreaberta, antes que Diogo interrompesse a sua intenção ou mesmo o convidasse a entrar.

– O Sudoeste está arruinando lá fora.

Diogo não respondeu. Dauro apertou as grandes narinas e sentiu o cheiro de álcool. Olhou o rapaz e riu com desprezo.

– Bêbado que nem gambá.

Sem respeito algum, puxou o delegado para perto e falou:

– Você está desgraçado, rapaz. O Sudoeste está imenso lá fora. Eu andei seguindo, espiando Cesário. Descobri ele rondando o presídio. Sabe o que isso significa?

Olhava Diogo nos olhos e não soltava a mão caída como um polvo de sobre os seus ombros.

– Significa que vai fugir gente. E você se esconde aqui dentro. E fica bebendo como um cão. Não está vendo que, se esse preso fugir, ninguém lhe respeitará mais?

Soltou o moço. Tirou o chapéu da cabeça e coçou o cabelo encarapinhado.

– O que devo fazer?

– Pegue o fuzil, munição, arme-se de faca e se dane para o lado do solar de Chico Rita. Fique rondando a cabana de Cesário. Procure entre as pedras da costa se não existe alguma canoa escondida com mantimentos. Vamos, homem, mexa-se!

– E você, Dauro?

– Eu vou pesquisar lá pelas bandas da restinga. Qualquer canoa escondida com mantimentos, ou que pareça suspeita, eu afundo. Dessa vez Cesário não levará a melhor.

— Como foi que você descobriu tudo isso?

— A gente conhece dois dias antes quando o Sudoeste vem.

— Não. Eu pergunto como foi que você soube que Cesário está planejando outra fuga?

— Meus cães gemeram toda a noite. Muitas vezes eles arremetiam para as sombras da noite, e quase se enforcavam nas cordas. De manhã, andei procurando e descobri passadas pelas proximidades. Cesário, somente Cesário conhece todos os caminhos tão bem, para caminhar pelo lado dos pantanais sem se perder... Foi ele.

Diogo ficava admirado pelo modo de agir daqueles brutos. Estava bêbado, mas agora não perdia o controle total de raciocinar.

— Quer tomar um gole de pinga?

— Me dê. Mas ande logo que eu perciso percorrer a restinga.

Diogo levou-o à cozinha e entregou-lhe a garrafa. Dauro encostou a boca na garrafa e suspendeu-a. Cuspiu de lado e limpou a baba com o chapéu de pelo.

— Bem. Eu já vou. Faça o que lhe disse e vamos ver se dessa vez tem sorte...

Apertou o casaco, puxou o gorro para a frente da cabeça, abriu a porta e saiu ao vento.

Diogo ficou espiando o homem andando quase curvo, dentro daquele caudal de vento. Ele andava e as calças batiam-lhe como bandeiras soltas.

O cenário se chicoteava em todos os cantos. Gemiam as amoreiras ressequidas. A maré subira muito e o mar se transformara numa sucessão de ondas largas. As águas se elevavam contra as canoas do porto, sacudindo-as, remexendo-as, jogando-as de todos os lados.

Diogo fechou a porta e foi em busca do fuzil. Vestiu uma capa velha, calçou-se, colocou a cinta com a faca e tomou mais um trago.

Pio se levantara e viera ver por que o delegado se levantara tão cedo. Os olhos inchados de álcool e sono observavam os gestos do patrão. Agora já adivinhara o que estava se passando e por dentro desejava que o homem fosse para o meio do inferno, que Cesário atirasse nele para matar, ou Cesário, ou Dauro, ou mesmo o preso...

Mas perguntou para Diogo:
– O senhor quer que faça café?
– Pode fazer enquanto eu me apronto.

•••

Pesava-lhe o fuzil. O vento colava as roupas contra o corpo impossibilitando quase de andar. Era preciso encurvar-se e procurar colocar em cada passada o máximo de equilíbrio. O ar era impulsionado com tal força sobre o rosto que doía nos ouvidos e irritava a barba. Chicotadas de areia vinham contra o corpo e por vezes contra os olhos. Mas Diogo caminhava. Depois que passasse o porto, seria abrigado pela penedia que se aproximava. A serra também o protegeria.

A maré crescia sempre, o vento aumentava de força e a praia se coalhava de detritos, de galhos de árvores, de lascas de madeiras, de cachos verdes de bananas inchadas. Não havia ninguém pelas proximidades. As redes de pesca estavam retiradas dos paus. Os homens se abrigariam nas cabanas, ouvindo as fúrias dos elementos.

O céu do mar se tornava muito mais negro. A chuva encontrava-se prestes a desabar...

Agora teria que se retirar da praia. As penedias surgiam enormes, talvez pelo balanço maior do mar. As ondas vinham se quebrar com rumores indescritíveis contra as pedras grandes, e correntes de água se elevavam no espaço onde encontravam o vento que as dividia, transformando-se em cortinas de chuva pequena. Não seria possível alcançar a praia das Conchas ou mesmo tentar atravessar o solar de Chico Rita. Preferível seria subir a serra e contornar as penedias.

Só então a chuva, que demorava a cair, começou a se manifestar juntamente com o vento.

Tomou o caminho da subida agora mais dificultado pelas grossas gotas que caíam com barulho. O rosto se encontrava totalmente molhado. Em poucos instantes a capa seria encharcada. As árvores que beiravam o caminho se confundiam todas num redemoinho de galhos. Arbustos soltos chicoteavam a chuva que vinha enlouquecida.

Diogo tinha que se firmar bem no caminho, colocar os pés com segurança, porque em minutos a água tinha desmanchado o barro em torrões ligados e vermelhos. O mesmo trabalho de subida se manifestou mais perigoso quando precisou descer a encosta.

O vento se tornara frio. A planície se encobria em nuvens de chuva que uivando desabavam. A selva que caminhava para os grandes pantanais, e os pantanais que escondiam mais ao longe o presídio, quase não eram avistados, porém Diogo podia perceber o ruído louco dos galhos se agitando, se entrechocando pela fúria do vento. Estalos de paus rachados pareciam desabar a cada momento.

Dirigiu-se para o lado contrário, procurando alcançar de novo as penedias. O solar de Chico Rita lhe oferecia agora as costas. Sob a encosta, molhado, feio, negro e luminoso pela chuva, ele se encolhia como uma garra lodosa e tenebrosa. Sobre o mar, o céu estava tão escuro que dir-se-ia noite. O costão de pedras surgiu e tomou a sua direção.

O mar alucinado se rebentava em rojões contra as pedras das pontas e salpicava em golfadas de escuma todo o resto do ambiente. Até as pedras distantes, que só eram molhadas pela chuva, se salgavam no entanto de maresias. Chuveiros de gotas invadindo tudo e em torrentes indivisíveis; o rumor, o rugir, a loucura das águas; o mar irritado de ventos, tudo se comprimia até os ouvidos do rapaz. Mas ele escorregando, tropeçando, arrastado pela violência dos ventos, prosseguia na sua marcha. Tinha que chegar. Acharia a cabana de Cesário e defronte a ele, sem desviar o olhar, obrigaria que ele confessasse os seus intentos, que entregasse o preso, que mostrasse onde ficava a canoa escondida para dar liberdade ao fugitivo. Estava pronto para matar até. Mas não falharia em sua missão. Doía-lhe a cabeça, o efeito da bebida passara, e a chuva sobre o corpo lhe trazia um contínuo mal-estar. Qualquer coisa roçou-se em seus pés. Baixou a vista e grudada na calça estava uma estrela-do-mar. Devia ter sido arremessada àquela distância pela força do vento. Olhou a estrela e recordou-se de algo, algo que não teria qualquer significado ou importância, algo que se prendera no passado como uma lembrança inocente... Riu, triste; quando tinha quinze anos fizera uma poesia. Uma poesia... Uma poesia sobre a estrela-d'alva.

A lembrança se arrastava meiga pelos anos e agora atravessava as distâncias, varava a chuva, dominava toda a sua tragédia interior e dissipava de seus intentos a força do momento: a do homem que buscava outro com intuito de morte.

Fizera uma poesia sobre a estrela-d'alva. Tinha quinze anos. A petulância da puberdade praticando poesias em francês.

Étoile d'Aube. Étoile d'Aube...

Sacudiu a estrela ainda grudada em suas pernas, ainda lembrada em sua vida, e recomeçou a andar dentro da tempestade.

•••

Viera se arrastando até ali. A roupa se grudara molhada contra o corpo. O vento resfriava o nariz, e as mãos molhadas eram obrigadas a buscar refúgio dentro dos bolsos da capa velha. A chuva zunia contra os cílios forçando os olhos a se fecharem, e os cabelos empastados escorriam água pelo pescoço, água se empoçando nos ouvidos. Mas ele andava sempre.

Agora, a menos de vinte passos, a cabana de Cesário, fria, muda, fechada e parecendo morta, se encolhia pequena dentro do vento e da chuva. O coração pulsou mais forte. Levou as mãos aos olhos para limpar a água que escorria incessante. O corpo enrijecido pelo frio reclamava por álcool, mas no momento não possuía uma dose sequer. Pensou, lembrando que agora se encontrava frente a frente com Cesário, que iria bater ameaçador à sua porta, enfrentar cara a cara o ódio da ilha, o homem do kakorê, o homem que enlouquecia. Pensou mais ainda: que estava disposto até a assassinar aquele homem que lhe rondava atrozmente todos os dias passados no calor daquela ilha.

Apertou nervoso a faca contra a cintura e avançou decidido pelo quintal da casa.

O rancho de sapé escoava água por todos os cantos. O capim se juntava em feixes marrons, como cabelos molhados, escorrendo. Não havia barulho no interior do rancho. Gritou para dentro chamando pelos de casa. Nada vinha em resposta aos gritos. Ou não havia ninguém, ou Cesário se furtava à vista, querendo dar a impressão de que ninguém estava em casa. Bateu contra a palha entrelaçada da porta. Esperou. Novo silêncio. Então forçou a porta e penetrou no rancho.

Depois da vista acostumada à escuridão, pôde perceber que havia um vulto encolhido, sentado junto a um fogão de pedra, se aquecendo perto do calor do fogo. As labaredas pequenas iluminaram o rosto que se voltava para o intruso. Não era homem e sim uma velha cujos cabelos começavam a se embranquecer. Ela foi-se levantando com dificuldade e nos seus traços que se confrangeram havia inquietação.

Diogo interrogou-a bruscamente:
— Cadê Cesário?
Os lábios da velha tremeram.
— Quem é o senhor?
Uma irritação apossou-se do rapaz.
— A senhora não está vendo quem sou eu?
A resposta veio humilde e quase baixa:
— Não, senhor. Eu não vejo: sou cega.
Dizia aquilo com certa dor. Como a se desculpar da desgraça ou mesmo atribuir a si mesma uma obra da fatalidade.
— Eu não vejo.
Então aquela era a mãe de Cesário, recordava-se agora das palavras da irmã Flora.
— É a cabana de Cesário. Ele mora com a mãe. Uma senhora cega.
Uma comoção o envolveu e falou mais brando:
— Vim procurar Cesário, dona.
— Pra que é que quer o meu filho?
Ela se sentara e a angústia crescera em todas as suas expressões.
— O que o senhor quer com o meu filho?
— Eu preciso falar com ele, preciso dele. Eu sou o delegado da ilha.
A mãe de Cesário juntou as mãos e torceu-as meio desesperada.
— O senhor não vai fazer mal a ele...
Mentiu.
— Não, não quero fazer mal, somente conversar.
Como era fácil mentir para uma cega, mentir para uns olhos parados que não podiam pesquisar!
A velha fez um esforço enorme e resolveu falar.
— Há dois dias que ele não vem. Pensei que ele tivesse ido pescar, com esse Sudoeste ninguém teria saído ao mar. Ele deve estar no interior.

– Da ilha?

Ela abanou a cabeça tristemente.

Então estavam confirmadas as suspeitas de Dauro, Cesário andava pelo interior. Os pés na lama dos charcos eram seus rastos.

Urgia retornar. Da velha ele não arrancaria mais uma só palavra, e seria crueldade demais torturar aquele rosto contorcendo-se de apreensões...

– Obrigado. Eu já vou...

– Feche bem a porta, seu delegado. O vento está forte...

Diogo saiu ao vento. A chuva bateu com força em seus cabelos e nas suas costas. Não queria pensar no abandono da mãe de Cesário. Não queria pensar naqueles olhos sem brilho. Cerrou a porta com força tentando apagar todas as cegueiras existentes, fechar a porta da alma...

•••

Caminhar pelo costão de pedras era loucura, mas precisava fazê-lo. O mar se rebentava em ondas frias e a água banhava-lhe o corpo em grandes enxurradas.

Arrastava-se de pedra em pedra, pois tinha que descobrir onde Cesário escondera a canoa que daria fuga ao evadido. Naquela confusão de rochas, estaria escondido o ninho de Cesário.

A fome começava a falar forte no estômago de Diogo. Deveriam ser mais de dez horas. Há muito que andava forçando o corpo contra aquela loucura de vento e água. O pior era o frio a lhe enregelar todos os membros, a lhe doer os pelos do corpo que se roçavam contra a roupa grudada. Mas continuou. Por muito tempo vasculhou de rocha em rocha, na proximidade do mar. Nada havia. Levou mais duas horas se rojando quase contra o chão de conchas, contra a areia caroçuda e grossa. Nada existia que denunciasse a canoa.

Só existia agora uns duzentos metros de rocha e o solar de Chico Rita aparecia no alto. Voltava pelo caminho que não quisera fazer na vinda.

Desistira de encontrar o procurado. Caminharia agora apenas se abrigando do vento e da chuva. Caminhava até a praia das Conchas e de lá voltaria para casa. Comeria e beberia para aquecer os membros doloridos. Andava agora procurando apenas o trajeto menos difícil. Naquela parte da costa, tão junto à praia, Cesário não esconderia a canoa. Nem reparava mais na sucessão das pedras que apareciam. As mãos ardiam de apoiar-se contra elas e caminhar dentro daquele vento que vinha de todos os lados e o impelia para todas as partes...

O mar não parava mais. Parecia que, quando a chuva e o vento se fossem, ele continuaria bruto assim por muitos séculos.

Sentou-se numa pedra para limpar o rosto, torcer os cabelos que caíam sobre a vista, friccionar os pulsos e os dedos engelhados.

Primeiro pensou que fosse engano. Ouviu com atenção. Havia uma coisa chicoteando, como uma vela solta se batendo no vento. O som continuava. Agora estava certo de ter ouvido um pano estalando. Foi dirigindo a vista para o lugar de onde vinha o barulho que se repetia com mais força. Adiante, seis metros dele, uma ponta de pano marrom se elevava ao vento e descia com força para as pedras.

Não podia acreditar no que estava vendo. Então... levantou-se rápido e quase correu em direção ao pano. Era mesmo: a canoa estava enfiada e presa entre umas pedras mais baixas. O pano, solto pela força da tempestade, a denunciara. Ali se encontrava a canoa de Cesário.

Uma alegria feroz rasgou o seu sorriso de forma brutal. Esqueceu-se da fome, do frio, de tudo: achara o que procurava. Todos os sacrifícios iriam ser recompensados. Com essa Cesário não contava... Que estúpido não ter raciocinado antes daquela forma. A praia das Conchas estava perto e Cesário não poderia deixar a canoa da fuga longe do mar. Ele sabia que o homem seria perseguido e que não disporia de muito tempo para arrastar a embarcação ao mar. Como não pensara nisso tudo?

Era um golpe de audácia de Cesário, um golpe certo, porque ele não julgaria o delegado como um sujeito de expediente; não pensaria que Diogo fosse capaz de enfrentar um temporal para procurar uma canoa escondida. Dauro também não o faria. Dauro gostava de caçar vidas pelos pântanos, gostava de ver a vítima se roçando na lama. Cansaria a caça nos mil labirintos de lodo e lama e depois mataria, com calma, assestando a pontaria no lugar mais difícil de acertar. Atiraria para matar, ou rebentando o crânio ou tirando o coração pelas costas...

Diogo debruçou-se sobre a canoa. Ela era pequena. Naquela casquinha um homem procuraria obter uma liberdade irrisória, preferiria deixar a febre e a fome, a podridão e a umidade, o mau cheiro e o contágio doentio de outros seres semelhantes, para embrenhar-se no mato, na selva, nas águas e perder-se do mesmo jeito dentro das fúrias da água revoltada... Tirou a faca da cintura e cortou as cordas que envolviam os panos cobrindo a canoa.

Somente aquela ponta estava solta, somente aquela ponta... E se não fosse ela, provavelmente o homem sem face encontraria o caminho do mar e teria uma possibilidade em mil de salvação.

A chuva começava a invadir a canoa. Dentro, havia água numa lata fechada, pão embrulhado, um pedaço de carne-seca amarrada a um filete de salame; a comida do homem que estava fugindo... Pobre diabo...

Apanhou tudo e arremessou longe, onde as ondas furiosas carregariam dentro em pouco para dentro do mar, para satisfazer os siris. Levantou a faca e vazou a vasilha d'água.

Depois desencalhou a embarcação das pedras e, num esforço surpreendente para ele mesmo, emborcou-a.

Apanhou uma pedra pesada e começou a afundar o casco. Batia com raiva, com loucura até. O fundo da embarcação ia se desprendendo. Os rombos aumentavam-se mais e mais. Ninguém faria flutuar aquele madeirame roto. Respirou aliviado. Tudo estava findo, tudo se acabara para alguém que esperaria a noite chegar e pensava que o mundo lhe abriria novamente as portas para recebê-lo com nova humanidade...

CAPÍTULO QUINTO

Em casa precisou mudar toda a roupa. Bebeu bastante e pediu para que Pio lhe preparasse um banho bem quente. Já mandara avisar a Dauro que retornara da restinga, que precisava falar com ele. O cansaço daquela manhã agitada tentava fechar-lhe os olhos. Mas não podia dormir. Agora não.

Quando Dauro chegou, contou-lhe a descoberta, a inutilização da canoa.

Um sorriso branco apareceu no rosto do preto, quase ligando de orelha a orelha. Ele balançou a cabeça satisfeito:

– O trabalho vai vir é de noite.

– Como assim, Dauro?

– O Sudoeste só tem mais uma noite de chuva. O homem vai fazer a saída hoje de noite.

– Tem certeza de que fugirá mesmo?

– Sou capaz de apostar, se Cesário não está na costa. Se eu encontrei o rasto dele e os meus cachorros latiram durante a noite? E agora você encontrou a canoa. Mas não há dúvida de que o preso vai fugir hoje de noite.

– E como faremos? Não seria melhor que a gente fosse rondar o presídio?

– Com esse tempo? Você tá é doido. Depois não é preciso, porque os guardas acuarão o homem pra essas bandas. Os cães do presídio o enxotarão pra cá. Qualquer um que fuja quer imediatamente encontrar a praia, achar a canoa e se lançar de qualquer maneira dentro do mar.

– E Cesário?

– Cesário está com raiva. Acha que não pode falhar dessa vez. Ele acompanhará o preso até o mar, até as portas da liberdade. Se desconfiar que não há jeito, abandona o preso e ele que se arrume. Mas sempre cumpre o prometido.

– Você nunca se defrontou com Cesário?

– Desde que nós brigamos, nunca mais. Ele trabalha e vive como uma sombra, desliza como cobra.

– E se dessa vez você o encontrasse, se se visse frente a frente com o homem?

– Um de nós levava a pior.

– Você o mataria?

– Se não fizesse, ele me mataria...

Era isso que Diogo imaginara. Ah, se fosse possível fazer com que os dois homens se encontrassem frente a frente. Não queria antecipar o que aconteceria, mas se houvesse uma oportunidade de fazer um dos dois se destruir, ou ambos se destruírem... No caso, era melhor que Dauro acabasse com Cesário, porém também mudou de opinião. Dauro, sem a concorrência de Cesário, mercenário como era, trabalharia imediatamente para quem lhe pagasse mais dinheiro. Para ele, tanto fazia vender um preso como matá-lo. Para ele, o dinheiro era o mesmo, ou dado por um desgraçado que precisasse de fuga, ou pela mão de um governo indiferente, procurando impor respeito à custa de suborno... Diogo se lembrava de que Dauro já trabalhara sob as ordens de Cesário, e se eles brigaram não foi por questões de moral e sim de lucro mal dividido.

Dauro se levantou.

– Trate de esperar por essa noite. As sirenes vão cantar muitas vezes. Acho bom que troque de fuzil. – Saiu.

Diogo ficou novamente só. De sua cabeça não saíam os pensamentos circundando os últimos fatos. A canoa furada, quebrada, com os remos partidos, a comida jogada aos peixes...

Os olhos foram se derreando, pesados; podia dormir durante o dia. À noite, sim, era perigoso adormecer.

•••

E a noite se fez mais feia e mais negra. O vento uivava como se tivesse fome, dava a impressão de que as amendoeiras seriam arrancadas ou que as telhas voariam do teto. A chuva lá fora açoitava o mar, caía pelas beiradas da casa, fazendo um barulho grosso. Goteiras pingavam dentro e alguns móveis precisavam ser afastados. O cão, de vez em quando, levantava a cabeça, medroso de tudo.

Diogo sentara-se numa cadeira de braços, colocando tudo ao alcance da mão. O fuzil repousava na parede, a capa sobre a mesa, em companhia da lanterna elétrica e da faca de caça. O lampião se fizera completamente roxo e tomava uns aspectos de mortalha.

Diogo colocara os pés sobre outra cadeira mais baixa, procurando comodidade. As horas corriam desinteressadas no relógio. De vez em quando também ele se levantava, ia até a cozinha e tomava um gole de café. Pio deixara o fogo aceso e o bule próximo às brasas. Ou então esticava a mão até a mesa e trazia a garrafa de aguardente até os lábios.

A noite estava úmida e fria. Dauro saíra para buscar os cães. Assim que ouvisse o soar das sirenes viria se encontrar com o delegado para o começo da busca.

Meia-noite era passada e nada de alarmes. Somente o vento e o mar se enraivecendo lá fora, somente a chuva grossa martelando a terra, invadindo a casa com as goteiras ritmadas...

Os olhos de Diogo fechavam-se e tornavam-se a abrir. Não, não dormiria; nessa noite, não. Se cochilava, acordava agoniado, ou com um membro dormindo, ou com o próprio susto da expectativa.

Mas o que tinha de vir, viria mesmo. Os apitos da sirene rebentaram langorosos por toda a ilha. Vinham, por vezes, mais fortes com a queda do vento ou mais fracos quando o mesmo vento os levava para o mar...

Diogo pulou e, nesse gesto, a cadeira que estava sob os seus pés voou para longe. Em pé, desorientado, não sabia o que fazer: se saía correndo na chuva, armava-se da faca ou vestia a capa. Suas mãos tremiam de emoção. Soara o momento.

Pio abriu a porta do quarto e veio rápido para a sala.
– Seu Diogo, as sirenes...
– Ouvi.
– Não tarda que Dauro venha cum os cachorro...

Diogo se acalmou um pouco, cruzou a faca com o cinto no ventre, vestiu a capa, apanhou a lanterna, colocou o fuzil a tiracolo e contou no bolso do paletó quatro pentes de bala para a arma.

Agora esperava que Dauro viesse e não foi preciso esperar muito. Grandes latidos surgiram da noite e agora mais próximos se confundiam com as sirenes alucinadas. Tudo gritava desgraça, o vento, as sirenes e os cães. Os ladridos aumentavam mais e mais, e mais ainda. Dauro invadiu o portão e bateu com força na porta. Os cães, raivosos, quase arrastavam Dauro dentro do temporal. Eles respiravam forte, e o cheiro de seus pelos molhados chegava acremente ao nariz de Diogo. A lanterna clareando o caminho mostrava gotas de chuva como navalhas iluminadas.

Dauro falou com voz alta para que a sua fala não se perdesse inútil dentro da borrasca:
– Vamos para o solar de Chico Rita. O homem virá para aquelas bandas.

Por vezes, as sirenes gritavam mais alto, abafando as torrentes de vento e a brutalidade do mar se esboroando contra a praia...

•••

Deviam ser quase três horas da manhã, quando os dois homens cansados, afrontando os elementos, chegaram até o lugar da canoa destruída. Diogo iluminou o local, enquanto Dauro se recostava no rifle, ajoelhando-se. Soltou uma gargalhada rouca e limpou o rosto da chuva.

– Olhe o chão, Diogo.

Marcas esparsas se espalhavam em várias direções, e eram dois pés diferentes. Os cães arrastaram o focinho na areia e latiram alucinadamente, parecendo que os pescoços rebentariam as correntes que os prendiam a Dauro.

– Não lhe disse que Cesário estava dirigindo o preso? Aquele desgraçado, se eu o pego...

E a mão quase na sombra, quase no limite da luz da lanterna acesa, apertou com força o cabo da arma.

– Mas ele me paga.

– Que faremos agora, Dauro?

– Vamos subir a serra acompanhando os passos. Eu sei que eles se embrenharam na mata. Mas ninguém pode passar aquela selva a não ser por desespero.

– Mas se eles conseguirem atravessar a selva, nós também conseguiremos.

– Isso você pensa. A gente não está com a morte atrás como eles. Num vê que eles estão fugindo, que qualquer caminho é rumo?

– Não entendo bem.

– Eles vão furando caminho. Pensam que, atravessando a selva e tentando alcançar o outro lado da ilha, poderão roubar uma canoa e alcançar a costa. Mas a gente que vai no encalço tem que parar em rastro, em cada pista. Por isso não se poderá atravessar a selva com a noite e logo uma noite dessas.

Dali já não se ouviam as sirenes apitando.

– Tem mais uma coisa, Diogo. O preso se evadiu muito cedo. Só agora deram o alarme de propósito. Eu sei que tem alguém de combinação com o Cesário que deixa isso acontecer assim. Cesário deve estar furioso com os estragos na canoa. Mas vamos...

Subiram a serra com dificuldade. Dauro deu uma das cordas que prendiam um dos cães para Diogo.

– Segure essa. O cão tá doido. Ele fica fogoso quando cheira sangue. Assim ele ajuda a gente a subir.

Quando chegaram em cima, o mato se estrangulava todo. As árvores eram jogadas para todos os lados. Aquele era o lugar que tinha vento, o lugar que vira Nina pela primeira vez. Lembrava-se de que ajoelhara com os olhos cheios de lágrimas, com alma de criança maltratada. Agora quase se ajoelhava para caminhar. O vento o vergava para a frente, mas o cão o equilibrava, quase arrastando. Falou para ele mesmo, interiormente:

"Tem vento, Diogo, tem vento. Tudo está molhado, não é como antes. Seus olhos estão secos."

Principalmente a descida. Agora os dois cães eram sustentados pelo punho de Dauro, que praguejava, dando arrancões nos animais.

Alcançaram a selva. A lanterna de Diogo acompanhava com o faro dos cães todas as pegadas.

– Temos que parar, Diogo, temos que parar. Daqui ninguém pode passar com essa noite.

– Vamos então ficar debaixo de uma árvore. A gente se abriga mais da chuva e do vento.

– É bom. Daqui a duas horas o dia amanhece.

E ficaram os quatro vultos, encharcados, apanhando da chuva e do vendaval, ouvindo a selva em fúria se partir em estrondos. Juntavam-se os corpos para procurar aquecimento. De vez em quando, Dauro oferecia um pouco de bebida que trouxera para cortar o frio. O pelo dos cães deitados, colados aos homens, irradiava algum calor.

•••

Com o aparecimento da luz, o mau tempo pareceu melhorar.
– Dentro de quatro ou cinco horas o Sudoeste vai embora.
Levantaram-se. As árvores pareciam ter se apodrecido, brilhando molhadas nos seus tons acinzentados. Os cães recomeçaram a marcha do ódio. Agora eles arrastavam com mais energia e ferocidade os punhos que os sustinham.
Foram se embrenhando pela mata. Por vezes eram obrigados a rastejar, porque os cipós se amontoavam ou então os espinhos da mata se raspavam contra o corpo, contra o rosto, contra as mãos, fazendo uma devassa de ferimentos. Mas Dauro e os cães não perdiam as pistas. Os dois homens que fugiam não estariam muito longe.
– Vou dar um tiro para amedrontar.
Levou o rifle para o alto e o tiro perdeu-se em ecos roucos pela mataria. Os cães se empinaram, ganindo furiosamente, e quanto mais se embaraçavam pela selva, mais ia aumentando um sorriso de vingança que aparecia sob o bigode mongol de Dauro, que escorria filetes d'água.
– Estamos perto, Diogo.
O dia se abrira totalmente. A luz crescera dentro da chuva e o vento parecia querer se amainar.
– Daqui a uns quinhentos metros acabará a selva e começarão os pantanais.
– O homem está muito ferido, Dauro?
– Você não viu como havia mancha de sangue em todos os cantos, não reparou em vestígios vermelhos que resistiram até à chuva? Se vê mesmo que você não tem prática.

Continuavam devassando a mata. As árvores tendiam a rarear, e a luz se fazia mais forte do outro lado, até que alcançaram os charcos. Os cães arremetiam-se contra as lamas e cheiravam as marcas dos pés.

Dauro deu um gargalhada diabólica.

– Olhe, Diogo, espie.

– O quê?

– Olhe; não descobriu nada?

Os olhos de Diogo se arregalaram de espanto.

– Os pés de Cesário desapareceram. Cesário abandonou o preso à sorte, não é, Dauro?

– É. Ele ouviu o tiro e achou melhor... Que desgraçado!...

Dauro dizia aquilo, mas Diogo não ignorava que, se ele estivesse em situação idêntica, agiria da mesma forma.

Foi então que a selva se acabou de todo. Os pantanais surgiram numa continuação da água parada com irritações da chuva. Pareciam enormes espelhos se fragmentando. O cheiro de podre remexido pelos pingos d'água chegavam até quase a sufocar.

A marca dos pés do homem que fugia estava viva e manchada de sangue nos buracos feitos pelas passadas, e os cães pareciam ter aumentado de ferocidade por causa da aproximação da presa. Vultos de árvores peladas, cobertas de musgos e parasitas escuras se isolavam em umas partes ou se uniam compactas, formando uma paisagem de desolação. O vento estava cedendo aos poucos e a chuva também não tardaria a obedecer ao vento.

– Vamos por aqui, Diogo.

Dauro conhecia os pantanais como a palma das próprias mãos.

– Ele não está longe.

Sentiu um começo de pena ao saber que finalizaria em breve o suplício de um desgraçado, ao constatar que ele se libertaria definitivamente... E suas mãos estariam encarregadas desta missão: matar era o mínimo. Dauro receberia a recompensa e ele ficaria acreditado no lugar. Isto aconteceria, sim. Era a última chance de vida. Depois os outros presos que fugissem teriam o mesmo destino. Então as fugas não se realizariam mais pela baía. Cesário teria que descobrir outro jeito.

Mas o cansaço e a exaustão da caminhada pela selva, à noite, recurvado sob a chuva e o vento, traziam ao rapaz um amolecimento e um desânimo tão grande de viver, talvez semelhante ao do ser que se arrastava como um verme pelo lodaçal.

– Ele pode desaparecer de uma hora para outra. Tem pedaços do charco que a pessoa não conhecendo jamais voltará à tona.

Dauro falava, puxado pelos cães que cheiravam sempre o lodo, as poças de lama e os detritos; metia-se dentro d'água que chegava até a cintura e contornava massas de lama que fediam sempre.

Mas Diogo não desistia: tinha que matar. Não poderia deixar que Dauro se antecipasse a ele. O negro sabia onde ficavam os lugares perigosos e os evitava, porém o preso, não. Tudo seria sorte.

– Nunca que ele alcançará a costa. Ele tomou caminho errado.

Havia duas horas quase que caminhavam pelo lodaçal e os pés, enterrando-se na água suja, saíam negros e traziam bafos fétidos para o ar. E dizer-se que Dauro morava por lugares semelhantes àquele, que resistia a tudo, ao mau cheiro, à febre e à solidão...

– Ele está bem perto, Diogo. Preste bem a atenção. Ele está tão ferido que quase não caminhou por aqui, arrastou-se o tempo todo.

Manchas de sangue se diluíam na chuva, se misturavam com o brejo. E a água agora caía miúda, tendendo sempre a diminuir.

– Ele está ouvindo até a nossa fala.

Um desassossego morava na alma do delegado. Quanto mais se aproximava do momento, maior tristeza se desdobrava em seu íntimo. Ia chegar a hora em que suspenderia a arma até o ombro e olharia um corpo caído, servindo de mira, sangrando todo antes de morrer. Dauro continuava falando.

– Eu não disse que ele tomou o caminho errado? Olhe, Diogo.

E Diogo espiou para onde ele indicava: havia uma pequena concentração de árvores sujas a menos de duzentos metros.

– Ele está ali. Aquelas redondezas de pau não têm mais de cinquenta metros de largura. Ele está ali, e dali não poderá sair. O resto é pantanal que ninguém atravessa e que está cheio de jacarés.

Diogo levantou mais a vista, sondando o horizonte. O homem que viera da costa, se tivesse contornado a praia, estaria, se não salvo, pelo menos vivo. Do ponto onde se encontrava abrigado não passaria, porque quilômetros e quilômetros de pantanais cinzas e brilhantes se alastravam em todas as direções.

Dauro tinha razão: o homem errara o caminho e agora se encontrava no último pedaço de terra, onde ainda poderia fixar o corpo. Os cães cheiravam o ar dessa vez e se arremetiam para a frente, impulsionados de ódio. Dauro ria. Diogo apertava os lábios contrariados. Aquele negro era um monstro desumano. Rir daquele jeito quando se aproximava o momento de liquidar uma vida. A vida de fato não valia nada, mas merecia pelo menos um pouco de piedade e de consideração.

Iam se aproximando por dentro do charco. Estavam avançando mais, cada vez mais. Os cães ladravam alucinados.

– Vamos nos separar, Diogo. Eu contorno o mato por um lado e você, por outro.

Mas Diogo desconfiou da proposta.

– Não é preciso, Dauro. Iremos juntos. Ele não poderá passar daquele lugar e nós o encontraremos juntos.

Dauro sustentou os cães com uma só mão e engatilhou o rifle. Diogo fez idêntico gesto.

– Precisamos amarrar os cães. Agora eles não fazem falta.

Alcançaram o mato. Dauro puxou as feras assanhadas e amarrou-as num tronco. Eles quase enlouqueciam de ganidos e se elevavam nas patas traseiras. Os pelos molhados se eriçavam todos.

– Vamos.

Caminhavam lado a lado. Quase não respiravam. Olhavam a marca do corpo sangrando que se arrastara até pelas proximidades.

Em qualquer daqueles pontos, escondido ao pé de uma árvore daquelas, estaria ele, o homem.

O cheiro da roupa de couro do negro, o corpo suado sob as vestes molhadas chegavam a Diogo de uma maneira acre, semelhante à podridão das lamas. Avançavam quase de rastros, com as armas engatilhadas, ouvindo os menores ruídos.

Diogo foi se separando de Dauro. O preso se arrastara em diversas direções. Agora, na caçada humana, cada um seguia os seus palpites. Diogo sentia o coração tremer, o sangue latejar nas frontes, mas andava sempre.

De repente, quase emborcado à sua frente estava o homem. Ferido, com o rosto sangrando, o resto das roupas coberto de lama, as mãos magras agarrando-se num ramo, tentando erguer-se... Ele desvirava agora o rosto em sua direção. A pele da face estava amarelada e os olhos escuros cresciam aterrorizados. Nem uma arma para se defender do ataque.

Diogo ergueu-se. O fuzil pesava-lhe nas mãos. O homem nem tinha forças para gemer. A sua respiração elevava-se em desespero, aumentando e diminuindo o peito magro. Só os olhos o fitavam, implorando. E devia matar... A presa estava ao alcance de suas mãos, um homem quase morto e que talvez tivesse apenas horas de vida. Uma opressão dolorida lhe esmagava a alma.

Como matar aquele espectro? Era uma crueldade tão grande como se se espetasse um Cristo martirizado numa cruz, já morto com pontas de ferro em brasa...

E os olhos continuavam suplicando, pedindo humildemente, pedindo tudo. Lembrou-se do cão velho em seu terraço, que pedia tudo, que tinha fome de sol, de vida, de calor e de carinhos... E os olhos pareciam crescer ainda mais, alucinados pelos últimos momentos de espera, pela angústia da expectativa. Pareciam ainda mais crescer, se agigantar pela morte natural que viria dentro em breve...

Diogo foi baixando a arma. Não atiraria, nunca. Mas um tiro partiu. Em seguida outro. Virou-se alucinado. Dauro estava descendo a arma e sorria.

O corpo do homem se estorcia em grandes arrancos e o sangue se alastrava por terra. A mão se soltou do ramo e caiu pesada. O horror cresceu dentro dos olhos de Diogo. Dauro era um monstro sem piedade e ria perdidamente. Depois, um rumor surdo foi se desenvolvendo no íntimo de Diogo, um ódio imenso o possuía, e as mãos se curvaram em garras apertando a boca do fuzil.

– Ficou com medo de matar, Diogo? Cabra frouxo. Então, você acha que eu ia perder a minha noite, que eu ia deixar fugir um prêmio tão grande? Dinheiro pode não valer para você, que nunca precisou trabalhar ou, mesmo, roubar para viver...

Passou com desprezo diante do delegado e foi espiar a vítima. O homem morrera. Então Dauro enfiou as mãos procurando descobrir, nas vestes rasgadas do morto, se encontrava dinheiro ou alguma coisa de valor... Dauro estava saqueando.

O rumor do ódio aumentava mais e mais em Diogo. Queria fechar os olhos e não enxergar a expressão de desespero que tinha se passado nos olhos do preso, os olhos de sol, de vida, de tudo.

Viu Dauro debruçado sobre o corpo, oferecendo-lhe as costas. Depois não pôde justificar o que acontecera. O fuzil fora arremessado para longe e ele se encontrou montado sobre as costas do negro, com a faca se cravando, se cravando, se cravando... Só parou quando o corpo de Dauro foi arriado sem força. A blusa de pele de cabra espargia sangue em todos os lugares. As mãos sangravam e doíam-lhe os dedos, da força que fizera para perfurar o dorso musculoso do negro.

Ele agora estava ali, emborcado também, abraçando macabramente a vida que destruíra. Não vira como os olhos de Dauro receberam a morte. Não sabia se eles estavam esbugalhados de medo ou abertos de surpresa. Sabia que o matara e que ele se contorcia nos últimos movimentos de vida.

A última facada não fora retirada e o cabo da faca se revestia de golfadas de sangue. O rosto virado, enfiando-se na poça de lama, produzia os últimos borbulhos. Só então Diogo notou que a chuva parara, que o vento se fora e todo o horizonte dos pantanais era um espelho refulgindo.

Arrancou o cinto onde estivera a faca e jogou-o de lado. Deixou o fuzil se enlameando no chão e resolveu retornar. Vinha calmo: matara por desprezo, matara por causa dos olhos do seu cão, que estaria voltando para o terraço porque a chuva passara.

Afastou-se dos cães que ladravam ainda. Deixou que eles ficassem amarrados. Os sáurios dos pantanais dariam cabo deles.

Veio retornando devagar. O silêncio do vento que se fora assaltara a paisagem morta, onde as poucas árvores eram ruínas negras e deterioradas. Veio andando devagar e tentando respirar, tentando poder respirar aquele ar infeccioso que há mais de quatro horas absorvia.

•••

As mãos, o rosto, as pernas sangravam. Tinha acabado de atravessar a selva e galgava lentamente a subida da serra. No alto, o vento se manifestava mansamente, como de costume. Para o lado da baía o mar se aplainara. Caminhava sempre e mais lentamente. Sentia o corpo quase nu. A selva o ferira muito. Iria procurar a irmã Flora e contar-lhe o sucedido, que matara um homem, que matara e não sentia remorsos. Era como se tivesse espremido contra os pés um punhado de nojentas taturanas...

•••

Bateu de leve contra a porta do solar de Chico Rita. Esperou, tornou a bater com força, depois com mais ímpeto, machucando, aumentando mais ainda os ferimentos da mão. Ninguém respondia: não havia ninguém. Só ao longe se ouviam os soluços do mar se rebentando naturalmente contra as penedias...

•••

Voltava cambaleando e quase nu. O pouco que sobrara das vestes estava roto e mostrava pedaços da intimidade do rapaz. Estava um farrapo, os olhos quase se fechando de cansaço. Dava a impressão de que não poderia andar mais que dez passos. Mas ele passava o limite máximo dado pelos olhos dos moradores da praia. Passou em frente a sua casa e nem se voltou. Encaminhou-se para o botequim de Guarabira. Vergões vermelhos manchavam-lhe o rosto, e suas mãos guardavam marcas de ferimentos onde o sangue se coagulava. A barba ainda conservava pedaços pregados de lama ressequida.

Ninguém sabia o que acontecera, pelo menos até agora. Pelo menos levariam doze horas para descobrirem tudo. Talvez somente soubessem da verdade quando os urubus do céu viessem atraídos pelo cheiro da carniça dos dois cadáveres. Tudo morria. Tudo morrera. Guarabira arregalou os olhos. O delegado estava quase nu e sangrava ainda em diversas partes do corpo.

Entrou, sentou-se, olhou o dono do botequim e pediu bebida, mas antes que Guarabira voltasse com o pedido, a cabeça derreara e adormecera profundamente.

Guarabira viu que o homem estava cansado, que o homem lutara sem parar dentro do temporal. Colocou a garrafa e o copo junto ao seu corpo e voltou para o balcão.

...

Não podia precisar quanto tempo dormira ali. Acordou com o calor lhe cozinhando o corpo e com o braço adormecido sobre a cabeça. Mexeu-se, esbarrando na garrafa, virou-a na mesa. A bebida veio escorregar-lhe sobre as pernas. Esfregou as mãos doloridas. Depois friccionou a cabeça, limpou os olhos. A cabeça estourava e o mundo tinha adquirido um imenso zunido.

Guarabira, observando-o curioso, aproximou-se.

– Seu Diogo, ainda não acharam a mulher...

Pensou não ter ouvido direito. Ele falara em mulher. Que mulher?

– O que foi que você falou, Guarabira?

– Eu disse que não tinham achado a mulher.

Estava louco o homem. Em vez de perguntar se pegara o preso, se o matara, se Dauro conseguira acertá-lo com a mira de seu rifle infalível, ficava informando que não tinham achado a mulher. Que mulher?

Apertou as têmporas com força. Ele tinha assassinado um homem, matara um homem e esse homem deveria estar começando a apodrecer no charco. Não sentia arrependimento: faria tudo novamente.

Sentiu um arrepio transmitindo-se em todos os seus membros. E não era pelo crime. Seus pensamentos se refaziam agora. Uma dúvida pairava sobre a informação de Guarabira. Seria ela?

— Você falou que não encontraram a mulher? Que mulher, Guarabira?

Ele apontou a casa de Nina.

— Nina?

— Sim, seu Diogo. Ela desapareceu na véspera de anteontem.

— Então, há três dias?

— Sim, senhor.

— E ninguém está procurando por ela?

— Todo mundo está procurando o corpo. Até a irmã Flora tem andado por todos os cantos vendo se acha a mulher morta.

Então Nina morrera, Nina se fora? Estava livre, livre dos olhos parados, das marés dormidas. Nina se fora...

Sentou-se devagar. Guarabira continuava falando:

— Kana contou que, desde que ela recebeu a carta, só falava que ia morrer, que ia morrer e deixar a casa e as roupas para ela.

Mas os olhos de Diogo teimavam em se fechar. Pendeu novamente a cabeça... Então Nina se fora? Nina se fora... Ouvia que Guarabira estava falando, mas a sua voz ia se perdendo longe, cada vez mais longe...

•••

Dessa vez foi sacudido com força.

— Seu Diogo, seu Diogo!

Acordou logo. Guarabira estava nervoso.

– Seu Diogo, acharam a mulher. Eles vêm lá – e apontou a restinga.

Era a hora do marasmo. O sol incendiava tudo, ressecava as últimas areias molhadas do areão, espantava os últimos indícios do temporal.

Ao longe vultos caminhavam, vultos que aumentavam. Recordou-se que, no primeiro dia da sua chegada, observara a restinga do mesmo modo, e aquilo parecia ter-se dado há tantos séculos. Tudo se perdera longe...

Não precisava recordar-se da conversa que tivera com o doutor, não necessitava relembrar-se das primeiras impressões de tudo porque a realidade e o final era somente aquela desimportância toda. A negatividade do inútil...

Agora vinha o velório, o enterro de Nina. E se aproximava. Súbito, Guarabira não conteve um grito.

– Bem que Cesário falou que o cavalo seria montado pela morte – e benzeu-se, com os lábios trêmulos.

Diogo chegou-se até a porta. O acompanhamento estava se aproximando. Na frente vinha a irmã Flora, a doce irmã Flora. Por isso não a encontrara, quando desesperado batera naquela manhã à porta do solar de Chico Rita. Flora caminhava devagar. Vestia-se com a mesma simplicidade, a saia quase lhe tocando os pés calçados nas sandálias de corda. Os cabelos repartiam-se em duas tranças vermelhas que caíam sobre a blusa. E o decote da blusa fechava-se no pescoço. Seus olhos não eram avistados, porque vinham baixos e naturalmente tristes.

O chapéu de palha fazia-lhe sombra sobre os traços do rosto, mas Diogo podia ver a movimentação suave dos lábios. Flora rezava. A sua mão direita puxava uma corda que fora amarrada no pescoço do cavalo dourado.

O corpo de Nina estava colocado de bruços sobre o dorso do animal, era sustentado para que não caísse pelas mãos de Araé. Tudo vinha, vinha em silêncio. Ninguém via o rosto de Nina, ninguém via. Os cabelos loiros resguardavam-lhe as últimas expressões e arrastavam-se lindos, embaraçados, varrendo as areias da praia bem de leve.

Os homens da praia olhavam, naturalmente, para o espetáculo. Mulheres despenteadas saíram das cabanas do porto, onde outros homens pararam de descarregar, para espiar a morta que passava. De agora em diante, o peixe voltaria para a rede, os bananais refloririam e o camarão estaria nas proximidades do mar parado...

Flora não queria enterrar Nina nas areias da restinga. Cavaria na praia das Conchas um lugar para ela, um lugar onde o mar falasse alto, onde as espumas subissem para o céu, um canto mais bonito e diferente...

Nada existia de mais triste no peito do rapaz. Tudo morrera antes, muito antes de Nina. Ela se fora sozinha... Desvirou-se e sentiu os olhos quentes de Guarabira, que tentavam descobrir-lhe as emoções no rosto.

●●●

Entrou em casa. Pio esperava-o no portão com o mesmo sorriso dissimulado. Não se adivinharia se ele estava feliz a seu modo, porque morrera a mulher e ele a vira passar, ou porque desconfiaria de tudo que acontecera.

Banhou-se. Viu o seu rosto no espelho. Aquele era ele. Não se admirava, não se confundia: era ele. Nada havia de que se lastimar. Precisava barbear-se, ficar limpo.

Depois foi até ao armário, apanhou um terno branco e vestiu-se.

Pio veio dizer-lhe que o doutor queria falar-lhe. Saiu.

O Doutor Saturnino, branco como sempre, falou-lhe de olhos baixos. Queriam na ilha que ele, como era o delegado, fosse dar uma vista na casa de Nina para resolver o que sobrara de vivo na vida daquela mulher.

Diogo sabia que, se ela não tivesse indicado ninguém para receber aquilo que deixara, os homens iam avançar, sem pudor algum, naqueles restos de matéria... Caminhou ao lado do doutor. Guarabira e Kana iam assistir naquela espécie de testamento, como testemunhas.

A maré estava baixa e o Sudoeste tinha matado sobre a praia uma porção de mariposas azuladas. E as asas abertas tornavam-se transparentes, coladas na areia...

O doutor comentou olhando aquilo:

– Como morrem mariposas pela praia...

•••

A casa de Nina ia se fechar. Por muitos anos que viessem, ninguém quereria adquirir a casa, que ficaria quase que certamente para Kana. O que interessava mais a Diogo era o quarto dos mistérios de Nina. Agora estava diante da porta e não tinha chave para abri-la.

Só havia um jeito. Diogo meteu os ombros com força contra a madeira da porta. No segundo embate, a fechadura saltou longe e a porta escancarou-se. Uma nuvem de pó se espadanou no interior. Kana abriu a janela para a luz.

Nada existia dentro do quarto. Só o silêncio do vazio. Aquele ainda era outro mistério de Nina, um mistério que ela mesma dizia que ninguém haveria de penetrar.

Diogo emocionou-se um pouco e encarou o doutor que trazia no rosto uma palidez doentia. Foram se retirando devagar, pisando de leve, guardando silêncio, como se tivessem violado um túmulo.

Kana, que acompanhava a busca, mantivera-se calada. Guarabira também. Nenhum dos dois conseguia distinguir no quarto vazio nada mais do que o vazio de um quarto.

Somente ao finalizar a investigação, a preta perguntou:

– Vai ficar tudo isso para mim? Ela disse que ficaria tudo para mim...

Diogo deu de ombros, sem se incomodar com a frieza e o raciocínio de Kana.

Por ele, quem quisesse poderia ficar com tudo. Nada o interessava, mormente aqueles trastes imundos que nada poderiam acrescentar à memória da morta. Lembrou-se de algo que lhe falara Guarabira.

– E a carta, Kana? A carta que Nina recebera?

– Está no chão da cozinha ainda. Não mexi nela.

Foram até os fundos da casa. Kana apontou:

– Veja, seu Diogo. Depois que ela leu a carta, ela chorou tanto que mordeu a madeira da mesa. Depois disse que ia se matar...

De fato, a marca dos dentes de Nina estavam visíveis na extremidade da mesa, aquela mesma mesa onde certa noite Nina chorava, debruçada e nua.

Mas o que interessava agora era a carta.

Abaixou-se e apanhou o papel amassado, e, enquanto o abria lentamente, foi-se lembrando da voz de Nina: "Esse é o quarto do mistério de Nina". O quarto era um complemento. Foi lendo a carta sem se emocionar. Tudo morrera nele. Terminou a carta que era curta e passou-a ao doutor.

Nina falara a verdade. Uma daquelas histórias era a verdadeira. Lúcio existia, estava bom, ia deixar o sanatório e recomeçar a vida ao lado de outra mulher que também tivera alta...

Lúcio existia...

•••

Nem bem a manhã se anunciara sem cantos, Diogo ergueu-se da cadeira. Soprou a luz do lampião. Era mais outro dia. Recordava-se da frase da irmã Flora:

"Amanhã será outro dia e vocês poderão partir bem cedo. Todos devem partir bem cedo."

Abriu a porta e caminhou pela praia em direção ao porto. Suas vestes estavam completamente brancas. A maré da noite lavara das areias todas as mariposas mortas de asas azuladas...

Ia partir e era quase madrugada ainda. Pensava em Nina e se completava como um ser vivo. Nina se matara por amor. Justificava os seus gestos e a sua loucura branda, o seu próprio estrangulamento. Não fora apenas a mulher desgraçada, bebendo por vício, morrendo de inútil. Nina crescera nos últimos momentos em que poderia se lembrar de tudo... Era uma figura realmente bonita, ligada à vida e com grande significado...

Depois lembrou-se de que os urubus do céu deveriam estar rondando os corpos no charco. Os dois homens mortos poderiam ser as próximas presas dos abutres ou talvez das mandíbulas dos sáurios dos pantanais. Quando descobrissem, Diogo estaria longe, tão longe...

Chegou ao porto. Os homens ainda não tinham vindo para o carregamento das canoas.

Desamarrou uma e olhou em todos os lados para ver se vinha alguém. A praia estava morta. Ninguém andava sobre ela e todos os homens dormiam. Ainda havia tempo.

Empurrou a canoa pela maré e se foi afastando da ilha. Ia para o mar alto, procuraria o mar sem limites. Talvez ainda viesse a encontrar o outro lado, aquele que talvez justificasse tudo e que sempre tivesse vento.

•••

De sua casa, encostado na amendoeira, o Doutor Saturnino observava tudo. Vira todos os detalhes, adivinhava que no rosto do rapaz uma calma maravilhosa estaria se passando e, para que adquirisse aquela força de premeditação, era preciso que um homem tivesse matado.

O doutor sabia que Diogo matara. Sabia de muito mais coisas. Sabia que, de tarde, quando a maré cheia voltasse, apareceria uma canoa morta, vazia, emborcada, boiando. Sabia que, por três noites, no terraço da casa do delegado, um velho cão uivaria muito, depois iria se acostumando com as portas da casa fechadas e viria dormir até à morte nas areias sujas da praia amarela...

José Mauro de Vasconcelos nasceu em 26 de fevereiro de 1920, em Bangu, no Rio de Janeiro. De família muito pobre, teve, ainda menino, de morar com os tios em Natal, capital do Rio Grande do Norte, onde passou a infância e a juventude. Aos 9 anos de idade, o garoto treinava natação nas águas do Rio Potengi, na mesma cidade, e tinha sonhos de ser campeão. Gostava também de ler, principalmente os romances de Paulo Setúbal, Graciliano Ramos e José Lins do Rego, sendo estes dois últimos importantes escritores regionalistas da literatura brasileira.

Essas atividades na infância de José Mauro serviriam de base para uma vida inteira: sempre o espírito aventureiro, as atividades físicas e, ao mesmo tempo, a literatura, o hábito de escrever, o cinema, as artes plásticas, o teatro – a sensibilidade e o vigor físico. Mas nunca a Academia de Letras, nunca o convívio social marcado por regras e jogos de bastidores. José Mauro se tornaria um homem brilhante, porém muito simples.

Ainda em Natal, frequentou dois anos do curso de Medicina, mas não resistiu: sua personalidade irrequieta impeliu-o a voltar para o Rio de Janeiro, fazendo a viagem a bordo de um navio cargueiro. Uma simples maleta de papelão era a sua bagagem. A partir do Rio de Janeiro, iniciou uma peregrinação pelo Brasil afora: foi treinador de boxe e carregador de banana na capital carioca, pescador no litoral fluminense, professor primário num núcleo de pescadores em Recife, garçom em São Paulo...

Toda essa experiência, associada a uma memória e imaginação privilegiadas e à enorme facilidade de contar histórias, resultou em uma obra literária de qualidade reconhecida internacionalmente: foram 22 livros, entre romances e contos, com traduções publicadas na Europa, nos Estados Unidos, na América Latina e no Japão. Alguns de seus livros ganharam versões para o cinema e teatro.

A estreia ocorreu aos 22 anos, com *Banana Brava* (1942), que retrata o homem embrutecido nos garimpos do sertão de Goiás, no Centro-Oeste do Brasil. Apesar de alguns artigos favoráveis dedicados ao romance, o sucesso não aconteceu. Em seguida, veio *Barro Blanco* (1945), que tem como pano de fundo as salinas de Macau, cidade do Rio Grande do Norte. Surgia, então, a veia regionalista do autor, que seguiria com *Arara Vermelha* (1953), *Farinha Órfã* (1970) e *Chuva Crioula* (1972).

Seu método de trabalho era peculiar. Escolhia os cenários das histórias e então se transportava para lá. Antes de escrever *Arara Vermelha*, percorreu cerca de 3 mil quilômetros pelo sertão, realizando estudos minuciosos que dariam base ao romance. Aos jornalistas, dizia: "Escrevo meus livros em poucos dias. Mas, em compensação, passo anos ruminando ideias. Escrevo tudo à máquina. Faço um capítulo inteiro e depois é que releio o que escrevi. Escrevo a qualquer hora, de dia ou de noite. Quando estou escrevendo, entro em transe. Só paro de bater nas teclas da máquina quando os dedos doem".

A enorme influência que o convívio com os indígenas exerceu em sua vida (costumava viajar para o "meio do mato" pelo menos uma vez por ano) não tardaria a aparecer em sua obra.

Em 1949 publicava *Longe da Terra*, em que conta sua experiência e aponta os prejuízos à cultura indígena causados pelo contato com os brancos. Era o primeiro de uma extensa lista de livros indigenistas: *Arraia de Fogo* (1955), *Rosinha, Minha Canoa* (1962), *O Garanhão das Praias* (1964), *As Confissões de Frei Abóbora* (1966) e *Kuryala: Capitão e Carajá* (1979).

Essa produção resultou de uma importante atividade que o ainda jovem José Mauro exerceu ao lado dos irmãos Villas-Bôas, sertanistas e indigenistas brasileiros, enveredando-se pelo sertão da região do Araguaia, no Centro-Oeste do país. Os irmãos Villas-Bôas – Orlando, Cláudio e Leonardo – lideraram a expedição Roncador-Xingu, iniciada em 1943, ligando o Brasil interior ao Brasil litorâneo. Contataram povos indígenas desconhecidos, cartografaram terras, abriram as rotas do Brasil central.

O livro *Rosinha, Minha Canoa*, em que contrapõe a cultura do sertão primitivo à cultura predatória e corruptora do branco dito civilizado, foi o primeiro grande sucesso. Mas a obra que alcançaria maior reconhecimento do público viria seis anos depois, sob o título *O Meu Pé de Laranja Lima*. Relato autobiográfico, o livro conta a história de uma criança pobre que, incompreendida, foge do mundo real pelos caminhos da imaginação. O romance conquistou os leitores brasileiros, do extremo Norte ao extremo Sul, quebrando todos os recordes de vendas. Na época, o escritor afirmava: "Tenho um público que vai dos 6 aos 93 anos. Não é só aqui no Rio de Janeiro ou em São Paulo, mas em todo o Brasil. Meu livro *Rosinha, Minha Canoa* é utilizado em curso de português na Sorbonne, em Paris".

O que mais impressionava à crítica era o fato de *O Meu Pé de Laranja Lima* ter sido escrito em apenas 12 dias. "Porém estava dentro de mim havia anos, havia 20 anos", dizia José Mauro. "Quando a história está inteiramente feita na imaginação é que começo a escrever. Só trabalho quando tenho a impressão de que o romance está saindo por todos os poros do corpo. Então, vai tudo a jato."

O Meu Pé de Laranja Lima já vendeu mais de dois milhões de exemplares. As traduções se multiplicaram: *Barro Blanco* foi editado na Hungria, Áustria, Argentina e Alemanha; *Arara Vermelha*, na Alemanha, Áustria, Suíça, Argentina, Holanda e Noruega; e *O Meu Pé de Laranja Lima* foi publicado em cerca de 15 países.

Vamos Aquecer o Sol (1972) e *Doidão* (1963) são títulos que junto com O *Meu Pé de Laranja Lima* compõem a sequência autobiográfica de José Mauro, apesar de o autor ter iniciado a trilogia com o relato de sua adolescência e juventude em *Doidão*. *Longe da Terra* e *As Confissões de Frei Abóbora* também apresentam elementos referentes à vida do autor. No rol das obras de José Mauro incluem-se, ainda, livros centrados em dramas existenciais – *Vazante* (1951), *Rua Descalça* (1969) e *A Ceia* (1975) – e outros dedicados a um público mais jovem, que discutem questões humanísticas – *Coração de Vidro* (1964), *O Palácio Japonês* (1969), *O Veleiro de Cristal* (1973) e *O Menino Invisível* (1978).

Ao lado do gaúcho Erico Verissimo e do baiano Jorge Amado, José Mauro era um dos poucos escritores brasileiros que podiam viver exclusivamente de direitos autorais. No entanto, seu talento não brilhava apenas na literatura.

Além de escritor, foi jornalista, radialista, pintor, modelo e ator. Por causa de seu belo porte físico, representou o papel de galã em diversos filmes e novelas. Ganhou prêmios por sua atuação em *Carteira Modelo 19*, *A Ilha* e *Mulheres e Milhões*. Foi também modelo para o Monumento à Juventude, esculpido no jardim do antigo Ministério da Educação, no Rio de Janeiro, em 1941, por Bruno Giorgi (1905-1993), escultor brasileiro reconhecido internacionalmente.

José Mauro de Vasconcelos só não teve êxito mesmo em uma área: a Academia. Na década de 1940, chegou até a ganhar uma bolsa de estudo na Espanha, mas, após uma semana, decidiu abandonar a vida acadêmica e correr a Europa. Seu espírito aventureiro falara mais alto.

O sucesso do autor deve-se, principalmente, à facilidade de comunicação com seus leitores. José Mauro explicava: "O que atrai meu público deve ser a minha simplicidade, o que eu acho que seja simplicidade. Os meus personagens falam linguagem regional. O povo é simples como eu. Como já disse, não tenho nada de aparência de escritor. É a minha personalidade que está se expressando na literatura, o meu próprio eu".

José Mauro de Vasconcelos faleceu em 24 de julho de 1984, aos 64 anos.

Dados Internacionais de Catalogação na Publicação (CIP)
(Câmara Brasileira do Livro, SP, Brasil)

Vasconcelos, José Mauro de, 1920-1984
 Vazante / José Mauro de Vasconcelos. – 2. ed. São Paulo: Editora Melhoramentos, 2019.
 ISBN: 978-85-06-08424-3
 1. Romance brasileiro I. Título.
 19-26263 CDD-B869.3

Índices para catálogo sistemático:
 1. Romances: Literatura brasileira B869.3

Cibele Maria Dias – Bibliotecária – CRB-8/9427

Edição revisada conforme o Acordo Ortográfico da Língua Portuguesa
Projeto e diagramação: APIS design
Texto de apresentação: Dr. João Luís Ceccantini

© José Mauro de Vasconcelos

Direitos de publicação:
© 1969 Cia. Melhoramentos de São Paulo
© 2019 Editora Melhoramentos Ltda.
Todos os direitos reservados.

2ª edição, agosto de 2019
ISBN 978-85-06-08424-3

Atendimento ao consumidor:
Caixa Postal 729 – CEP 01031-970
São Paulo – SP – Brasil
Tel.: (11) 3874-0880
www.editoramelhoramentos.com.br
sac@melhoramentos.com.br

Impresso no Brasil